汪曾祺小全集

方食事

汪曾祺 著

汪朗 王干 主编

江苏凤凰文艺出版社

图书在版编目（CIP）数据

四方食事 / 汪曾祺著；汪朗，王干主编. — 南京：江苏凤凰文艺出版社，2024.8（2025.7重印）

（汪曾祺小全集）

ISBN 978-7-5594-6803-1

Ⅰ.①四… Ⅱ.①汪… ②汪… ③王… Ⅲ.①散文集—中国—当代 Ⅳ.①I267

中国版本图书馆CIP数据核字（2022）第074966号

四方食事

汪曾祺 著　　汪朗　王干 主编

出 版 人	张在健
策　　划	李黎　王青
责任编辑	孙建兵　李珊珊　胡泊
特约编辑	王晓彤
责任印制	杨丹
出版发行	江苏凤凰文艺出版社
	南京市中央路165号，邮编：210009
网　　址	http://www.jswenyi.com
印　　刷	江苏扬中印刷有限公司
开　　本	889毫米×1194毫米　1/32
印　　张	8.125
字　　数	110千字
版　　次	2024年8月第1版
印　　次	2025年7月第2次印刷
书　　号	ISBN 978-7-5594-6803-1
定　　价	298.00元（全10册）

江苏凤凰文艺版图书凡印刷、装订错误，可向出版社调换，联系电话 025-83280257

目 录

001　生机

006　吃食和文学

020　故乡的食物

025　端午的鸭蛋

044　宋朝人的吃喝

048　口蘑

051　手把羊肉

055　家常酒菜

063　菌小谱

071　淡淡秋光

079　冬天

084　韭菜花

088	四方食事
101	寻常茶话
110	五味
117	萝卜
124	米线和饵块
133	作家谈吃第一集——《知味集》后记
139	食道旧寻——《学人谈吃》序
148	食豆饮水斋闲笔
164	蚕豆
169	岁交春
172	故乡的野菜
180	豆腐
192	鱼我所欲也
198	肉食者不鄙
206	干丝
209	贴秋膘
214	小乐胃
218	手把肉
225	栗子

229	夏天
234	果蔬秋浓
241	清汤挂面
242	辣椒
244	《旅食与文化》题记
247	面茶
251	豆汁儿

生　机

芋　头

一九四六年夏天，我离开昆明去上海，途经香港。因为等船期，滞留了几天，住在一家华侨公寓的楼上。这是一家下等公寓，已经很敝旧了，墙壁多半没有粉刷过。住客是开机帆船的水手，跑澳门做鱿鱼、蚝油生意的小商人，准备到南洋开饭馆的厨师，还有一些说不清是什么身份的角色。这里吃住都是很便宜的。住，很简单，有一条席子，随便哪里都能躺一夜。每天两顿饭，米很白。菜是一碟炒通菜、一碟在开水里焯过的墨斗鱼脚，顿顿如此。墨斗鱼脚，我倒爱吃，因为这是海味。——我在昆明七年，很少吃到海味。只是心情很不好。我到上海，想去谋一个职业，一点着落也没有，真是前途渺茫。带来的钱，买了船票，已经所剩无几。在这里又是举目无亲，连一个可以说说话的人都没有。我整天无所事事，除了到皇后道、德辅道去瞎逛，就是踅到走廊上去看水手、小商人、厨师打麻将。真是无聊呀。

我忽然发现了一个奇迹，一棵芋头！楼上的一侧，一个很大的阳台，阳台上堆着一堆煤块，煤块里竟然长出一棵芋头！大概不知是谁把一个不中吃的芋头随手扔在煤堆里，它竟然活了。没有土壤，更没有肥料，仅仅靠了一点雨水，它，长出了几片碧绿肥厚的大叶子，在微风里高高兴兴地摇曳着。在寂寞的羁旅之中看到这几片绿叶，我心里真是说不出的喜欢。

这几片绿叶使我欣慰，并且，并不夸张地说，使我获得一点生活的勇气。

豆 芽

秦老九去点豆子。所有的田埂都点到了。——豆子一般都点在田埂的两侧，叫做"豆埂"，很少占用好地的。豆子不需要精心管理，任其自由生长。谚云："懒媳妇种豆"。还剩下一把。秦老九懒得把这豆子带回去。就掀开路旁一块石头，把豆子撒到石头下面，说了一声："去你妈的，又把石头放下了。"

过了一阵，过了谷雨，立夏了，秦老九到田头去干活，路过这块石头，他的眼睛瞪得像铃铛，石头升高了！他趴下来看看！豆子发了芽，一群豆芽把石头顶起来了。

"咦！"

刹那之间，秦老九成了一个哲学家。

长进树皮里的铁蒺藜

玉渊潭当中有一条南北的长堤,把玉渊潭隔成了东湖和西湖。堤中间有一水闸,东西两湖之水可通。东湖挨近钓鱼台。"四人帮"横行时期,沿东湖岸边拦了铁丝网。附近的老居民把铁丝网叫做铁蒺藜。铁丝网就缠在湖边的柳树干上,绕一个圈,用钉子钉死。东湖被圈禁起来了。湖里长满了水草,有成群的野鸭凫游,没有人。湖中的堤上还可以通过,也可以散散步,但是最好不要停留太久,更不能拍照。我的孩子有一次带了一个照相机,举起来对着钓鱼台方向比了比,马上走过来一个解放军,很严肃地说:"不许拍照!"行人从堤上过,总不禁要向钓鱼台看两眼,心里想:那里头现在在干什么呢?

"四人帮"粉碎后,铁丝网拆掉了。东湖解放了。岸上有人散步,遛鸟,湖里有了游船,还有人划着轮胎内带扎成的筏子撒网捕鱼,有人弹吉他、吹口琴、唱歌。住在附近的老人每天在固定的地方聚会闲谈。他们谈柴米油盐、男婚女嫁、玉渊潭的变迁……

但是铁蒺藜并没有拆净。有一棵柳树上还留着一圈。铁蒺藜勒得紧，柳树长大了，把铁蒺藜长进树皮里去了。兜着铁蒺藜的树皮愈合了。鼓出了一圈，外面还露着一截铁的毛刺。

有人问："这棵树怎么啦？"

一个老人说："铁蒺藜勒的！"

这棵柳树将带着一圈长进树皮里的铁蒺藜继续往上长，长得很大，很高。

吃食和文学

咸菜和文化

偶然和高晓声谈起"文化小说",晓声说:"什么叫文化?——吃东西也是文化。"我同意他的看法。这两天自己在家里腌韭菜花,想起咸菜和文化。

咸菜可以算是一种中国文化。西方似乎没有咸菜。我吃过"洋泡菜",那不能算咸菜。日本有咸菜,但不知道有没有中国这样盛行。"文革"前《福建日报》登过一则猴子腌咸菜的新闻,一个新华社归侨记者用此材料写了一篇对外的特稿:"猴子会腌咸菜吗?"被批评为"资产阶级新闻观点"。——为什么这就是资产阶级新闻观点呢？猴子腌咸菜，大概是跟人学的。于此可以证明咸菜在中国是极为常见的东西。中国不出咸菜的地方大概不多。各地的咸菜各有特点，互不雷同。北京的水疙瘩、天津的津冬菜、保定的春不老。"保定有三宝，铁球、面酱、春不老"，我吃过苏州的春不老，是用带缨子的很小的萝卜腌制的，腌成后寸把长的小缨子还是碧绿的，极嫩，微甜，好吃，名字也起得好。保定的春不老想也是这样的。周作人曾说他的家乡经常吃的是咸极了的咸鱼和咸极了的咸菜。鲁迅《风波》里写的蒸得乌黑的干菜很诱人。腌雪里蕻南北皆有。上海人爱吃咸菜肉丝面和雪笋汤。云南曲靖的韭菜花风味绝佳。曲靖韭菜花的主料其实是细切晾干的萝卜丝，与北京作为吃涮羊肉的调料的韭菜花不同。贵州有冰糖酸，乃以芥菜加醪糟、辣子腌成。四川咸菜种类极多，据说必以自流井的粗盐腌制乃佳。行销（真是"行销"）全国，远至海外（有华侨的地方），堪称咸菜之王的，应数榨菜。朝鲜辣菜也可以算是咸菜。延边的腌蕨菜北京偶有卖的，人多不识。福建的黄萝卜很有名，可惜未曾吃过。我的家乡每到秋末冬初，多数人家都腌萝卜干。到店铺里学徒，要"吃三年萝卜干饭"，言其缺油水也。中国咸菜多矣，此不能备载。如果有人写一本《咸菜谱》，将是一本非常有意思的书。

咸菜起于何时，我一直没有弄清楚。古书里有一个"菹"字，我少时曾以为是咸菜。后来看《说文解字》，菹字下注云："酢菜也"，不对了。汉字凡从酉者，都和酒有点关系。酢菜现在还有。昆明的"茄子酢"、湖南乾城的"酢辣子"，都是密封在坛子里使之酒化了的，吃起来都带酒香。这不能算是咸菜。有一个虀字，则确乎是咸菜了。这是切碎了腌的。这东西的颜色是发黄的，故称"黄虀"。腌制得法，"色如金钗股"云。我无端地觉得，这恐怕就是酸雪里蕻。虀似乎不是很古的东西。这个字的大量出现好像是在宋人的笔记和元人的戏曲里。这是穷秀才和和尚常吃的东西。"黄虀"成了嘲笑秀才和和尚，亦为秀才和和尚自嘲的常用的话头。中国咸菜之多，制作之精，我以为跟佛教有一点关系。佛教徒不茹荤，又不一定一年四季都能吃到新鲜蔬菜，于是就在咸菜上打主意。我的家乡腌咸菜腌得最好的是尼姑庵。尼姑到相熟的施主家去拜年，都要备几色咸菜。关于咸菜的起源，我在看杂书时还要随时留心，并希望博学而好古的馋人有以教我。

和咸菜相伯仲的是酱菜。中国的酱菜大别起来，可分为北味的与南味的两类。北味的以北京为代表。六必居、天源、后门的"大葫芦"都很好。——"大葫芦"门悬大葫芦为记，现在好像已经没有了。保定酱菜有名，但与北京酱菜区别实不大。南味的以扬州酱菜为代表，商标为"三和"、"四美"。北方酱菜偏咸，南则偏甜。中国好像什么东西都可以拿来酱。萝卜、瓜、莴苣、蒜苗、甘露、藕乃至花生、核桃、杏仁，无不可酱。北京酱菜里有酱银苗，我到现在还不知道究竟是什么东西。只有荸荠不能酱。我的家乡不兴到酱园里开口说买酱荸荠，那是骂人的话。

酱菜起于何时，我也弄不清楚。不会很早。因为制酱菜有个前提，必得先有酱，——豆制的酱。酱——酱油，是中国一大发明。"柴米油盐酱醋茶"，酱为开门七事之一。中国菜多数要放酱油。西方没有。有一个京剧演员出国，回来总结了一条经验，告诫同行，以后若有出国机会，必须带一盒固体酱油！没有郫县豆瓣，就做不出"正宗川味"。但是中国古代的酱和现在的酱不是一回事。《说文》酱字注云从肉、从酉、爿声。这是加盐、加酒、经过发酵的肉酱。《周礼·天官·膳夫》："凡王之馈，酱用百有二十瓮"，郑玄注："酱，谓醯醢也"。醯，醢，都是肉酱。大概较早出现的是豉，其后才有现在的酱。汉代著作中提到的酱，好像已是豆制的。东汉王充《论衡》："作豆酱恶闻雷"，明确提到豆酱。《齐民要术》提到酱油，但其时已至北魏，距现在一千五百多年——当然，这也相当古了。酱菜的起源，我现在还没有查出来，俟诸异日吧。

考查咸菜和酱菜的起源，我不反对，而且颇有兴趣。但是，也不一定非得寻出它的来由不可。

"文化小说"的概念颇含糊。小说重视民族文化，并从生活的深层追寻某种民族文化的"根"，我以为是未可厚非的。小说要有浓郁的民族色彩，不在民族文化里腌一腌、酱一酱，是不成的，但是不一定非得追寻得那么远，非得追寻到一种苍苍莽莽的古文化不可。古文化荒邈难稽（连咸菜和酱菜的来源我们还不清楚）。寻找古文化，是考古学家的事，不是作家的事。从食品角度来说，与其考察太子丹请荆轲吃的是什么，不如追寻一下"春不老"；与其查究楚辞里的"蕙肴蒸"，不如品味品味湖南豆豉；与其追溯断发文身的越人怎样吃蛤蜊，不如蒸一碗霉干菜，喝两杯黄酒。我们在小说里要表现的文化，首先是现在的，活着的；其次是昨天的，消逝不久的。理由很简单，因为我们可以看得见，摸得着，尝得出，想得透。

一九八六年九月十一日

口味·耳音·兴趣

我有一次买牛肉。排在我前面的是一个中年妇女,看样子是个知识分子,南方人。轮到她了,她问卖牛肉的:"牛肉怎么做?"我很奇怪,问:"你没有做过牛肉?"——"没有。我们家不吃牛羊肉。"——"那您买牛肉——?"——"我的孩子大了,他们会到外地去。我让他们习惯习惯,出去了好适应。"这位做母亲的用心良苦。我于是尽了一趟义务,把她请到一边,讲了一通牛肉做法,从清炖、红烧、咖喱牛肉,直到广东的蚝油炒牛肉、四川的水煮牛肉、干煸牛肉丝……

有人不吃羊肉。我们到内蒙去体验生活。有一位女同志不吃羊肉,——闻到羊肉气味都恶心,这可苦了。她只好顿顿吃开水泡饭,吃咸菜。看见我吃手抓羊肉、羊贝子(全羊)吃得那样香,直生气!

有人不吃辣椒。我们到重庆去体验生活。有几个女演员去吃汤圆，进门就嚷嚷"不要辣椒！"卖汤圆的冷冷地说："汤圆没有放辣椒的！"

许多东西不吃，"下去"，很不方便。到一个地方，听不懂那里的话，也很麻烦。

我们到湘鄂赣去体验生活。在长沙，有一个同志的鞋坏了，去修鞋，鞋铺里不收。"为什么？"——"修鞋的不好过。"——"什么？"——"修鞋的不好过！"我只得给他翻译一下，告诉他修鞋的今天病了，他不舒服。上了井冈山，更麻烦了：井冈山说的是客家话。我们听一位队长介绍情况，他说这里没有人肯当干部，他挺身而出，他老婆反对，说是"辣子毛补，两头秀腐"——"什么什么？"我又得给他翻译："辣椒没有营养，吃下去两头受苦"。这样一翻译可就什么味道也没有了。

我去看昆曲，"打虎游街"、"借茶活捉"……好戏。小丑的苏白尤其传神，我听得津津有味，不时发出笑声。邻座是一个唱花旦的京剧女演员，她听不懂，直着急，老问："他说什么？说什么？"我又不能逐句翻译，她很遗憾。

我有一次到民族饭店去找人，身后有几个少女在叽叽呱呱地说很地道的苏州话。一边的电梯来了，一个少女大声招呼她的同伴："乖面乖面"（这边这边）！我回头一看：说苏州话的是几个美国人！

我们那位唱花旦的女演员在语言能力上比这几个美国少女可差多了。

一个文艺工作者、一个作家、一个演员的口味最好杂一点，从北京的豆汁到广东的龙虱都尝尝（有些吃的我也招架不了，比如贵州的鱼腥草）；耳音要好一些，能多听懂几种方言，四川话、苏州话、扬州话（有些话我也一句不懂，比如温州话）。否则，是个损失。

口味单调一点、耳音差一点，也还不要紧，最要紧的是对生活的兴趣要广一点。

一九八六年八月十二日

苦瓜是瓜吗?

昨天晚上,家里吃白兰瓜。我的一个小孙女,还不到三岁,一边吃,一边说:"白兰瓜、哈密瓜、黄金瓜、华莱士瓜、西瓜,这些都是瓜。"我很惊奇了:她已经能自己经过归纳,形成"瓜"的概念了(没有人教过她)。这表示她的智力已经发展到了一个重要的阶段。凭借概念,进行思维,是一切科学的基础。她奶奶问她:"黄瓜呢?"她点点头。"苦瓜呢?"她摇摇头。我想:她大概认为"瓜"是可吃的,并且是好吃的(这些瓜她都吃过)。今天早起,又问她:"苦瓜是不是瓜?"她还是坚决地摇了摇头,并且说明她的理由:"苦瓜不像瓜。"我于是进一步想:我对她的概念的分析是不完全的。原来在她的"瓜"概念里除了好吃不好吃,还有一个像不像的问题(苦瓜的表皮疙里疙瘩的,也确实不大像瓜)。我翻了翻《辞海》,看到苦瓜属葫芦科。那么,我的孙女认为苦瓜不是瓜,是有道理的。我又翻了翻《辞海》的"黄瓜"条：黄瓜也是属葫芦科。苦瓜、黄瓜习惯上都叫做瓜；而另一种很"像"是瓜的东西，在北方却称之为"西葫芦"。瓜乎？葫芦乎？苦瓜是不是瓜呢？我倒糊涂起来了。

前天有两个同乡因事到北京，来看我。吃饭的时候，有一盘炒苦瓜。同乡之一问："这是什么？"我告诉他是苦瓜。他说："我倒要尝尝。"夹了一小片入口："乖乖！真苦啊！——这个东西能吃？为什么要吃这种东西？"我说："酸甜苦辣咸，苦也是五味之一。"他说："不错！"我告诉他们这就是癞葡萄。另一同乡说："'癞葡萄'，那我知道的。癞葡萄能这个吃法？"

"苦瓜"之名，我最初是从石涛的画上知道的。我家里有不少有正书局珂罗版印的画集，其中石涛的画不少。我从小喜欢石涛的画。石涛的别号甚多，除石涛外有释济、清湘道人、大涤子、瞎尊者和苦瓜和尚。但我不知道苦瓜为何物。到了昆明，一看：哦，原来就是癞葡萄，我的大伯父每年都要在后园里种几棵癞葡萄，不是为了吃，是为成熟之后摘下来装在盘子里看着玩的。有时也剖开一两个，挖出籽儿来尝尝。有一点甜味，并不好吃。而且颜色鲜红，如同一个一个血饼子，看起来很刺激，也使人不大敢吃它。当作菜，我没有吃过。有一个西南联大的同学，是个诗人，他整了我一下子。我曾经吹牛，说没有我不吃的东西。他请我到一个小饭馆吃饭，要了三个菜：凉拌苦瓜、炒苦瓜、苦瓜汤！我咬咬牙，全吃。从此，我就吃苦瓜了。

苦瓜原产于印度尼西亚，中国最初种植是广东、广西。现在云南、贵州都有。据我所知，最爱吃苦瓜的似是湖南人。有一盘炒苦瓜，——加青辣椒、豆豉、少放点猪肉，湖南人可以吃三碗饭。石涛是广西全州人，他从小就是吃苦瓜的，而且一定很爱吃。"苦瓜和尚"这别号可能有一点禅机，有一点独往独来，不随流俗的傲气，正如他叫"瞎尊者"，其实并不瞎；但也可能是一句实在话。石涛中年流寓南京，晚年久住扬州。南京人、扬州人看见这个和尚拿癞葡萄来炒了吃，一定会觉得非常奇怪的。

北京人过去是不吃苦瓜的。菜市场偶尔有苦瓜卖,是从南方运来的。买的也都是南方人。近二年北京人也有吃苦瓜的了,有人还很爱吃。农贸市场卖的苦瓜都是本地的菜农种的,所以格外鲜嫩。看来人的口味是可以改变的。

由苦瓜我想到几个有关文学创作的问题:

一、应该承认苦瓜也是一道菜。谁也不能把苦从五味里开除出去。我希望评论家、作家——特别是老作家,口味要杂一点,不要偏食。不要对自己没有看惯的作品轻易地否定、排斥。不要像我的那位同乡一样,问道:"这个东西能吃?为什么要吃这种东西?"提出"这样的作品能写?为什么要写这样的作品?"我希望他们能习惯类似苦瓜一样的作品,能吃出一点味道来,如现在的某些北京人。

二、《辞海》说苦瓜"未熟嫩果作蔬菜,成熟果瓤可生食"。对于苦瓜,可以各取所需,愿吃皮的吃皮,愿吃瓤的吃瓤。对于一个作品,也可以见仁见智。可以探索其哲学意蕴,也可以踪迹其美学追求。北京人吃凉拌芹菜，只取嫩茎，西餐馆做罗宋汤则专要芹菜叶。人弃人取，各随尊便。

三、一个作品算是现实主义的也可以，算是现代主义的也可以，只要它真是一个作品。作品就是作品。正如苦瓜，说它是瓜也行，说它是葫芦也行，只要它是可吃的。苦瓜就是苦瓜。——如果不是苦瓜，而是狗尾巴草，那就另当别论。截至现在为止，还没有人认为狗尾巴草很好吃。

一九八六年九月六日

故乡的食物

炒米和焦屑

小时读《板桥家书》:"天寒冰冻时暮,穷亲戚朋友到门,先泡一大碗炒米送手中,佐以酱姜一小碟,最是暖老温贫之具",觉得很亲切。郑板桥是兴化人,我的家乡是高邮,风气相似。这样的感情,是外地人们不易领会的。炒米是各地都有的。但是很多地方都做成了炒米糖。这是很便宜的食品。孩子买了,咯咯地嚼着。四川有"炒米糖开水",车站码头都有得卖,那是泡着吃的。但四川的炒米糖似也是专业的作坊做的,不像我们那里。我们那里也有炒米糖,像别处一样,切成长方形的一块一块。也有搓成圆球的，叫做"欢喜团"。那也是作坊里做的。但通常所说的炒米，是不加糖粘结的，是"散装"的；而且不是作坊里做出来，是自己家里炒的。

说是自己家里炒，其实是请了人来炒的。炒炒米要点手艺，并不是人人都会的。入了冬，大概是过了冬至吧，有人背了一面大筛子，手持长柄的铁铲，大街小巷地走，这就是炒炒米的。有时带一个助手，多半是个半大孩子，是帮他烧火的。请到家里来，管一顿饭，给几个钱，炒一天。或二斗，或半石；像我们家人口多，一次得炒一石糯米。炒炒米都是把一年所需一次炒齐，没有零零碎碎炒的。过了这个季节，再找炒炒米的也找不着。一炒炒米，就让人觉得，快要过年了。

装炒米的坛子是固定的，这个坛子就叫"炒米坛子"，不作别的用途。舀炒米的东西也是固定的，一般人家大都是用一个香烟罐头。我的祖母用的是一个"柚子壳"。柚子，——我们那里柚子不多见，从顶上开一洞，把里面的瓤掏出来，再塞上米糠，风干，就成了一个硬壳的钵状的东西。她用这个柚子壳用了一辈子。

我父亲有一个很怪的朋友，叫张仲陶。他很有学问，曾教我读过《项羽本纪》。他薄有田产，不治生业，整天在家研究易经，算卦。他算卦用蓍草。全城只有他一个人用蓍草算卦。据说他有几卦算得极灵。有一家丢了一只金戒指，怀疑是女佣偷了。这女佣人蒙了冤枉，来求张先生算一卦。张先生算了，说戒指没有丢，在你们家炒米坛盖子上。一找，果然。我小时就不大相信，算卦怎么能算得这样准，怎么能算得出在炒米坛盖子上呢？不过他的这一卦说明了一件事，即我们那里炒米坛子是几乎家家都有的。

炒米这东西实在说不上有什么好吃。家常预备，不过取其方便。用开水一泡，马上就可以吃。在没有什么东西好吃的时候，泡一碗，可代早晚茶。来了平常的客人，泡一碗，也算是点心。郑板桥说"穷亲戚朋友到门，先泡一大碗炒米送手中"，也是说其省事，比下一碗挂面还要简单。炒米是吃不饱人的。一大碗，其实没有多少东西。我们那里吃泡炒米，一般是抓上一把白糖，如板桥所说"佐以酱姜一小碟"，也有，少。我现在岁数大了，如有人请我吃泡炒米，我倒宁愿来一小碟酱生姜，——最好滴几滴香油，那倒是还有点意思的。另外还有一种吃法，用猪油煎两个嫩荷包蛋——我们那里叫做"蛋瘪子"，抓一把炒米和在一起吃。这种食品是只有"惯宝宝"才能吃得到的。谁家要是老给孩子吃这种东西，街坊就会有议论的。

我们那里还有一种可以急就的食品，叫做"焦屑"。糊锅巴磨成碎末，就是焦屑。我们那里，餐餐吃米饭，顿顿有锅巴。把饭铲出来，锅巴用小火烘焦，起出来，卷成一卷，存着。锅巴是不会坏的，不发馊，不长霉，攒够一定的数量，就用一具小石磨磨碎，放起来。焦屑也像炒米一样，用开水冲冲，就能吃了，焦屑调匀后成糊状，有点像北方的炒面，但比炒面爽口。

我们那里的人家预备炒米和焦屑，除了方便，原来还有一层意思，是应急。在不能正常煮饭时，可以用来充饥。这很有点像古代行军用的"糒"。

有一年，记不得是哪一年，总之是我还小，还在上小学，党军（国民革命军）和联军（孙传芳的军队）在我们县境内开了仗，很多人都躲进了红十字会。不知道出于一种什么信念，大家都以为红十字会是哪一方的军队都不能打进去的，进了红十字会就安全了。红十字会设在炼阳观，这是一个道士观。我们一家带了一点行李进了炼阳观。祖母指挥着，特别关照，把一坛炒米和一坛焦屑带了去。我对这种打破常规的生活极感兴趣。晚上，爬到吕祖楼上去，看双方军队枪炮的火光在东北面不知什么地方一阵一阵地亮着，觉得有点紧张，也很好玩。很多人家住在一起，不能煮饭，这一晚上，我们是冲炒米、泡焦屑度过的。没有床铺，我把几个道士诵经用的蒲团拼起来，在上面睡了一夜。这实在是我小时候度过的一个浪漫主义的夜晚。

第二天，没事了，大家就都回家了。

炒米和焦屑和我家乡的贫穷和长期的动乱是有关系的。

端午的鸭蛋

家乡的端午,很多风俗和外地一样。系百索子。五色的丝线拧成小绳,系在手腕上。丝线是掉色的,洗脸时沾了水,手腕上就印得红一道绿一道的。做香角子。丝线缠成小粽子,里头装了香面,一个一个串起来,挂在帐钩上。贴五毒。红纸剪成五毒,贴在门坎上。贴符。这符是城隍庙送来的。城隍庙的老道士还是我的寄名干爹,他每年端午节前就派小道士送符来,还有两把小纸扇。符送来了,就贴在堂屋的门楣上。一尺来长的黄色、蓝色的纸条,上面用朱笔画些莫名其妙的道道,这就能辟邪么?喝雄黄酒。用酒和的雄黄在孩子的额头上画一个王字,这是很多地方都有的。有一个风俗不知别处有不:放黄烟子。黄烟子是大小如北方的麻雷子的炮仗，只是里面灌的不是硝药，而是雄黄。点着后不响，只是冒出一股黄烟，能冒好一会。把点着的黄烟子丢在橱柜下面，说是可以熏五毒。小孩子点了黄烟子，常把它的一头抵在板壁上写虎字。写黄烟虎字笔画不能断，所以我们那里的孩子都会写草书的"一笔虎"。还有一个风俗，是端午节的午饭要吃"十二红"，就是十二道红颜色的菜。十二红里我只记得有炒红苋菜、油爆虾、咸鸭蛋，其余的都记不清，数不出了。也许十二红只是一个名目，不一定真凑足十二样。不过午饭的菜都是红的，这一点是我没有记错的，而且，苋菜、虾、鸭蛋，一定是有的。这三样，在我的家乡，都不贵，多数人家是吃得起的。

我的家乡是水乡。出鸭。高邮大麻鸭是著名的鸭种。鸭多，鸭蛋也多。高邮人也善于腌鸭蛋。高邮咸鸭蛋于是出了名。我在苏南、浙江，每逢有人问起我的籍贯，回答之后，对方就会肃然起敬："哦！你们那里出咸鸭蛋！"上海的卖腌腊的店铺里也卖咸鸭蛋，必用纸条特别标明："高邮咸蛋"。高邮还出双黄鸭蛋。别处鸭蛋也偶有双黄的，但不如高邮的多，可以成批输出。双黄鸭蛋味道其实无特别处。还不就是个鸭蛋！只是切开之后，里面圆圆的两个黄，使人惊奇不已。我对异乡人称道高邮鸭蛋，是不大高兴的，好像我们那穷地方就出鸭蛋似的！不过高邮的咸鸭蛋，确实是好，我走的地方不少，所食鸭蛋多矣，但和我家乡的完全不能相比！曾经沧海难为水，他乡咸鸭蛋，我实在瞧不上。袁枚的《随园食单·小菜单》有"腌蛋"一条。袁子才这个人我不喜欢，他的《食单》好些菜的做法是听来的，他自己并不会做菜。但是《腌蛋》这一条我看后却觉得很亲切，而且"与有荣焉"。文不长，录如下：

> 腌蛋以高邮为佳，颜色细而油多，高文端公最喜食之。席间，先夹取以敬客，放盘中。总宜切开带壳，黄白兼用；不可存黄去白，使味不全，油亦走散。

高邮咸蛋的特点是质细而油多。蛋白柔嫩，不似别处的发干、发粉，入口如嚼石灰。油多尤为别处所不及。鸭蛋的吃法，如袁子才所说，带壳切开，是一种，那是席间待客的办法。平常食用，一般都是敲破"空头"用筷子挖着吃。筷子头一扎下去，吱——红油就冒出来了。高邮咸蛋的黄是通红的。苏北有一道名菜，叫做"硃砂豆腐"，就是用高邮鸭蛋黄炒的豆腐。我在北京吃的咸鸭蛋，蛋黄是浅黄色的，这叫什么咸鸭蛋呢！

端午节，我们那里的孩子兴挂"鸭蛋络子"。头一天，就由姑姑或姐姐用彩色丝线打好了络子。端午一早，鸭蛋煮熟了，由孩子自己去挑一个，鸭蛋有什么可挑的呢？有！一要挑淡青壳的。鸭蛋壳有白的和淡青的两种。二要挑形状好看的。别说鸭蛋都是一样的，细看却不同。有的样子蠢，有的秀气。挑好了，装在络子里，挂在大襟的纽扣上。这有什么好看呢？然而它是孩子心爱的饰物。鸭蛋络子挂了多半天，什么时候孩子一高兴，就把络子里的鸭蛋掏出来，吃了。端午的鸭蛋，新腌不久，只有一点淡淡的咸味，白嘴吃也可以。

孩子吃鸭蛋是很小心的。除了敲去空头，不把蛋壳碰破。蛋黄蛋白吃光了，用清水把鸭蛋壳里面洗净，晚上捉了萤火虫来，装在蛋壳里，空头的地方糊一层薄罗。萤火虫在鸭蛋里一闪一闪地亮，好看极了！

小时读囊萤映雪故事，觉得东晋的车胤用练囊盛了几十只萤火虫，照了读书，还不如用鸭蛋壳来装萤火虫。不过用萤火虫照亮来读书，而且一夜读到天亮，这能行么？车胤读的是手写的卷子；字大；若是读现在的新五号字，大概是不行的。

咸菜茨菰汤

一到下雪天，我们家就喝咸菜汤，不知是什么道理。是因为雪天买不到青菜？那也不见得。除非大雪三日，卖菜的出不了门，否则他们总还会上市卖菜的。这大概只是一种习惯。一早起来，看见飘雪花了，我这就知道：今天中午是咸菜汤！

咸菜是青菜腌的。我们那里过去不种白菜，偶有卖的，叫做"黄芽菜"，是外地运去的，很名贵。一盘黄芽菜炒肉丝，是上等菜。平常吃的，都是青菜，青菜似油菜，但高大得多。入秋，腌菜，这时青菜正肥。把青菜成担的买来，洗净，晾去水气，下缸。一层菜，一层盐，码实，即成。随吃随取，可以一直吃到第二年春天。

腌了四五天的新咸菜很好吃，不咸，细、嫩、脆、甜，难可比拟。

咸菜汤是咸菜切碎了煮成的。到了下雪的天气，咸菜已经腌得很咸了，而且已经发酸。咸菜汤的颜色是暗绿的。没有吃惯的人，是不容易引起食欲的。

咸菜汤里有时加了茨菇片，那就是咸菜茨菇汤。或者叫茨菇咸菜汤，都可以。

我小时候对茨菇实在没有好感。这东西有一种苦味。民国二十年，我们家乡闹大水，各种作物减产，只有茨菇却丰收。那一年我吃了很多茨菇，而且是不去茨菰的嘴子的,真难吃。

我十九岁离乡,辗转漂流,三四十年没有吃到茨菰,并不想。

前好几年,春节后数日,我到沈从文老师家去拜年,他留我吃饭,师母张兆和炒了一盘茨菰肉片。沈先生吃了两片茨菰,说:"这个好!格比土豆高。"我承认他这话。吃菜讲究"格"的高低,这种语言正是沈老师的语言。他是对什么事物都讲"格"的,包括对于茨菰、土豆。

因为久违,我对茨菰有了感情。前几年,北京的菜市场在春节前后有卖茨菰的。我见到,必要买一点回来加肉炒了。家里人都不怎么爱吃。所有的茨菰,都由我一个人"包圆儿"了。

北方人不识茨菰。我买茨菰,总要有人问我:"这是什么?"——"茨菰。"——"茨菰是什么?"这可不好回答。

北京的茨菰卖得很贵,价钱和"洞子货"(温室所产)的西红柿、野鸡脖韭菜差不多。

我很想喝一碗咸菜茨菰汤。

我想念家乡的雪。

虎头鲨、昂嗤鱼、砗螯、螺蛳、蚬子

苏州人特重塘鳢鱼。上海人也是,一提起塘鳢鱼,眉飞色舞。塘鳢鱼是什么鱼?我向往之久矣。到苏州,曾想尝尝塘鳢鱼,未能如愿。后来我知道:塘鳢鱼就是虎头鲨,嘻!

塘鳢鱼亦称土步鱼。《随园食单》:"杭州以土步鱼为上品,而金陵人贱之,目为虎头蛇,可发一笑。"虎头蛇即虎头鲨。这种鱼样子不好看,而且有点凶恶。浑身紫褐色,有细碎黑斑,头大而多骨,鳍如蝶翅。这种鱼在我们那里也是贱鱼,是不能上席的。苏州人做塘鳢鱼有清炒、椒盐多法。我们家乡通常的吃法是氽汤,加醋、胡椒。虎头鲨氽汤,鱼肉极细嫩,松而不散,汤味极鲜,开胃。

昂嗤鱼的样子也很怪,头扁嘴阔,有点像鲇鱼,无鳞,皮色黄,有浅黑色的不规整的大斑。无背鳍，而背上有一根很硬的尖锐的骨刺。用手捏起这根骨刺，它就发出昂嗤昂嗤小小的声音。这声音是怎么发出来的，我一直没弄明白。这种鱼是由这种声音得名的。它的学名是什么，只有去问鱼类学专家了。这种鱼没有很大的，七八寸长的，就算难得的了。这种鱼也很贱，连乡下人也看不起。我的一个亲戚在农村插队，见到昂嗤鱼，买了一些，农民都笑他："买这种鱼干什么！"昂嗤鱼其实是很好吃的。昂嗤鱼通常也是氽汤。虎头鲨是醋汤，昂嗤鱼不加醋，汤白如牛乳，是所谓"好汤"。昂嗤也极细嫩，鳃边的两块蒜瓣肉有大拇指大，堪称至味。有一年，北京一家鱼店不知从哪里运来一些昂嗤鱼，无人问津。顾客都不识这是啥鱼。有一位卖鱼的老师傅倒知道："这是昂嗤。"我看到，高兴极了，买了十来条。回家一做，满不是那么一回事！昂嗤要吃活的（虎头鲨也是活杀）。长途转运，又在冷库里冰了一些日子，肉质变硬，鲜味全失，一点意思都没有！

砗螯我的家乡叫馋螯，砗螯是扬州人的叫法，我在大连见到花蛤，我以为就是砗螯，不是。形状很相似，入口全不同。花蛤肉粗而硬，咬不动。砗螯极柔软细嫩。砗螯好像是淡水里产的，但味道却似海鲜。有点像蛎黄，但比蛎黄味道清爽。比青蛤、蚶子味厚。砗螯可清炒，烧豆腐，或与咸肉同煮。砗螯烧乌青菜（江南人叫塌苦菜），风味绝佳。乌青菜如是经霜而现拔的，尤美。我不食砗螯四十五年矣。

砗螯壳稍呈三角形，质坚，白如细瓷，而有各种颜色的弧形花斑，有浅紫的，有暗红的，有赭石，墨蓝的，很好看。家里买了砗螯，挖出砗螯肉，我们就从一堆砗螯壳里去挑选，挑到好的，洗净了留起来玩。砗螯壳的铰合部有两个突出的尖嘴子，把尖嘴子在糙石上磨磨，不一会儿就磨出两个小圆洞，含在嘴里吹，呜呜地响，且有细细颤音，如风吹窗纸。

螺蛳处处有之。我们家乡清明吃螺蛳，谓可以明目。用五香煮熟螺蛳，分给孩子，一人半碗，由他们自己用竹签挑着吃。孩子吃了螺蛳，用小竹弓把螺蛳壳射到屋顶上，喀拉喀拉地响。夏天"检漏"，瓦匠总要扫下好些螺蛳壳。这种小弓不作别的用处，就叫做螺蛳弓，我在小说《戴车匠》里对螺蛳弓有较详细的描写。

蚬子是我所见过的贝类里最小的了，只有一粒瓜子大。蚬子是剥了壳卖的。剥蚬子的人家附近堆了好多蚬子壳，像一个坟头。蚬子炒韭菜，很下饭。这种东西非常便宜，为小户人家的恩物。

有一年修运河堤。按工程规定，有一段堤面应铺碎石，包工的贪污了款子，在堤面铺了一层蚬子壳。前来检收的委员，坐在汽车里，向外一看，白花花的一片，还抽着雪茄烟，连说："很好！很好！"

我的家乡富水产。鱼中之名贵的是鳊鱼、白鱼（尤重翘嘴白）、鯚花鱼（即鳜鱼），谓之"鳊、白、鳜"。虾有青虾、白虾。蟹极肥。以无特点，故不及。

野鸭、鹌鹑、斑鸠、鵽

过去我们那里野鸭子很多。水乡,野鸭子自然多。秋冬之际,天上有时"过"野鸭子,黑乎乎的一大片,在地上可以听到它们鼓翅的声音,呼呼的,好像刮大风。野鸭子是枪打的(野鸭肉里常常有很细的铁砂子,吃时要小心),但打野鸭子的人自己不进城来卖。卖野鸭子有专门的摊子。有时卖鱼的也卖野鸭子,把一个养活鱼的木盆翻过来,野鸭一对一对地摆在盆底,卖野鸭子是不用秤约的,都是一对一对地卖。野鸭子是有一定分量的。依分量大小,有一定的名称,如"对鸭"、"八鸭"。哪一种有多大分量,我现在已经记不清了。卖野鸭子都是带毛的。卖野鸭子的可以代客当场去毛,拔野鸭毛是不能用开水烫的。野鸭子皮薄,一烫,皮就破了。干拔,卖野鸭子的把一只鸭子放入一个麻袋里,一手提鸭,一手拔毛,一会就拔净了。——放在麻袋里拔,是防止鸭毛飞散。代客拔毛,不另收费,卖野鸭子的只要那一点鸭毛。——野鸭毛是值钱的。

野鸭的吃法通常是切块红烧。清炖大概也可以吧,我没有吃过。野鸭子肉的特点是:细、"酥",不像家鸭每每肉老。野鸭烧咸菜是我们那里的家常菜。里面的咸菜尤其是佐粥的妙品。

现在我们那里的野鸭子很少了。前几年我回乡一次,偶有,卖得很贵。原因据说是因为县里对各乡水利作了全面综合治理,过去的水荡子、荒滩少了,野鸭子无处栖息。而且,野鸭子过去是吃收割后遗撒在田里的谷粒的,现在收割得很干净,颗粒归仓,野鸭子没有什么可吃的,不来了。

鹌鹑是网捕的。我们那里吃鹌鹑的人家少,因为这东西只有由乡下的亲戚送来,市面上没有卖的。鹌鹑大都是用五香卤了吃。也有用油炸了的。鹌鹑能斗,但我们那里无斗鹌鹑的风气。

我看见过猎人打斑鸠。我在读初中的时候。午饭后,我到学校后面的野地里去玩。野地里有小河,有野蔷薇,有金黄色的茼蒿花,有苍耳(苍耳子有小钩刺,能挂在衣裤上,我们管它叫"万把钩"),有才抽穗的芦荻。在一片树林里,我发现一个猎人。我们那里猎人很少,我从来没有见过猎人,但是我一看见他,就知道:他是一个猎人。这个猎人给我一个非常猛厉的印象。他穿了一身黑,下面却缠了鲜红的绑腿。他很瘦。他的眼睛黑,而冷。他握着枪。他在干什么?树林上面飞过一只斑鸠。他在追逐这只斑鸠。斑鸠分明已经发现猎人了。它想逃脱。斑鸠飞到北面,在树上落一落,猎人一步一步往北走。斑鸠连忙往南面飞,猎人扬头看了一眼,斑鸠落定了,猎人又一步一步往南走,非常冷静。这是一场无声的,然而非常紧张的、坚持的较量。斑鸠来回飞,猎人来回走。我很奇怪,为什么斑鸠不往树林外面飞。这样几个来回,斑鸠慌了神了,它飞得不稳了,歪歪倒倒的,失去了原来均匀的节奏。忽然,砰,——枪声一响,斑鸠应声而落。猎人走过去,拾起斑鸠,看了看,装在猎袋里。他的眼睛很黑,很冷。

我在小说《异秉》里提到王二的熏烧摊子上,

春天，卖一种叫做"鷃"的野味，鷃这种东西我在别处没看见过。"鷃"这个字很多人也不认得。多数字典里不收。《辞海》里倒有这个字，标音为（duo 又读 zhua）。zhua 与我乡读音较近，但我们那里是读入声的，这只有用国际音标才标得出来。即使用国际音标标出，在不知道"短促急收藏"的北方人也是读不出来的。《辞海》"鷃"字条下注云："见鷃鸠"，似以为"鷃"即"鷃鸠"。而在"鷃鸠"条下注云："鸟名。雉属。即'沙鸡'。"这就不对了。沙鸡我是见过的，吃过的。内蒙、张家口多出沙鸡。《尔雅·释鸟》郭璞注："出北方沙漠地"，不错。北京冬季偶尔也有卖的。沙鸡嘴短而红，腿也短。我们那里的鷃却是水鸟，嘴长，腿也长。鷃的滋味和沙鸡有天渊之别。沙鸡肉较粗，略带酸味；鷃肉极细，非常香。我一辈子没有吃过比鷃更香的野味。

蒌蒿、枸杞、荠菜、马齿苋

小说《大淖记事》"春初水暖，沙洲上冒出很多紫红色的芦芽和灰绿色的蒌蒿，很快就是一片翠绿了。"我在书面下方加了一条注："蒌蒿是生于水边的野草，粗如笔管，有节，生狭长的小叶，初生二寸来高，叫做'蒌蒿薹子'，加肉炒食极清香。……"蒌蒿的蒌字，我小时不知怎么写，后来偶然看了一本什么书，才知道的。这个字音"吕"。我小学有一个同班同学，姓吕，我们就给他起了个外号，叫"蒌蒿薹子"（蒌蒿薹子家开了一爿糖坊，小学毕业后未升学，我们看见他坐在糖坊里当小老板，觉得很滑稽）。但我查了几本字典，"蒌"都音"楼"，我有点恍惚了。"楼"、"吕"一声之转。许多从"娄"的字都读"吕"，如"屡"、"缕"、"褛"……这本来无所谓，读"楼"读"吕"，关系不大。但字典上都说蒌蒿是蒿之一种，即白蒿，我却有点不以为然了。我小说里写的蒌蒿和蒿其实不相干。读苏东坡《惠崇春江晚景》诗:"竹外桃花三两枝,春江水暖鸭先知。蒌蒿满地芦芽短,正是河豚欲上时。"此蒌蒿生于水边,与芦芽为伴,分明是我的家乡人所吃的蒌蒿,非白蒿。或者"即白蒿"的蒌蒿别是一种,未可知矣。深望懂诗、懂植物学,也懂吃的博雅君子有以教我。

我的小说注文中所说的"极清香",很不具体,嗅觉和味觉是很难比方,无法具体的。昔人以为荔枝味似软枣,实在是风马牛不相及。我所谓"清香",即食时如坐在河边闻到新涨的春水的气味。这是实话,并非故作玄言。

枸杞到处都有。开花后结长圆形的小浆果,即枸杞子。我们叫它"狗奶子",形状颇像。本地产的枸杞子没有入药的,大概不如宁夏产的好。枸杞是多年生植物。春天,冒出嫩叶,即枸杞头。枸杞头是容易采到的。偶尔也有近城的乡村的女孩子采了,放在竹篮里叫卖:"枸杞头来!……"枸杞头可下油盐炒食;或用开水焯了,切碎,加香油、酱油、醋,凉拌了吃。那滋味,也只能说"极清香"。

春天吃枸杞头，云可以清火，如北方人吃莴苣菜一样。

"三月三，荠菜花赛牡丹"。俗谓是日以荠菜花置灶上，则蚂蚁不上锅台。

北京也偶有荠菜卖。菜市上卖的是园子里种的，茎白叶大，颜色较野生者浅淡，无香气。农贸市场间有南方的老太太挑了野生的来卖，则又过于细瘦，如一团乱发，制熟后强硬扎嘴。总不如南方野生的有味。

江南人惯用荠菜包春卷，包馄饨，甚佳。我们家乡有用来包春卷的，用来包馄饨的没有，——我们家乡没有"菜肉馄饨"。一般是凉拌。荠菜焯熟剁碎，界首茶干切细丁，入虾米，同拌。这道菜是可以上酒席作凉菜的。酒席上的凉拌荠菜都用手抟成一座尖塔，临吃推倒。

马齿苋现在很少有人吃。古代这是相当重要的菜蔬。苋分人苋、马苋。人苋即今苋菜，马苋即马齿苋。我的祖母每于夏天摘肥嫩的马齿苋晾干，过年时作馅包包子。她是吃长斋的，这种包子只有她一个人吃。我有时从她的盘子里拿一个,蘸了香油吃,挺香。马齿苋有点淡淡的酸味。

马齿苋开花,花瓣如一小囊。我们有时提了一个哑巴知了,——知了是应该会叫的,捉住一个哑巴,多么扫兴!于是就摘了两个马齿苋的花瓣套住它的眼睛,——马齿苋花瓣套知了眼睛正合适,一撒手,这知了就拼命往高处飞,一直飞到看不见!

三年自然灾害,我在张家口沙岭子吃过不少马齿苋。那时候,这是宝物!

宋朝人的吃喝

唐宋人似乎不怎么讲究大吃大喝。杜甫的《丽人行》里列叙了一些珍馐，但多系夸张想象之辞。五代顾闳中所绘《韩熙载夜宴图》主人客人面前案上所列的食物不过八品，四个高足的浅碗，四个小碟子。有一碗是白色的圆球形的东西，有点像外面滚了米粒的蓑衣丸子。有一碗颜色是鲜红的，很惹眼，用放大镜细看，不过是几个带蒂的柿子！其余的看不清是什么。苏东坡是个有名的馋人，但他爱吃的好像只是猪肉。他称赞"黄州好猪肉"，但还是"富者不解吃，贫者不解煮"。他爱吃猪头，也不过是煮得稀烂，最后浇一勺杏酪。——杏酪想必是酸里咕叽的，可以解腻。有人"忽出新意"以山羊肉为玉糁羹，他觉得好吃得不得了。这是一种什么东西？大概只是山羊肉加碎米煮成的糊糊罢了。当然，想象起来也不难吃。

宋朝人的吃喝好像比较简单而清淡。连有皇帝参加的御宴也并不丰盛。御宴有定制，每一盏酒都要有歌舞杂技，似乎这是主要的，吃喝在其次。幽兰居士《东京梦华录》载《宰执亲王宗室百官入内上寿》，使臣诸卿只是"每分列环饼、油饼、枣塔为看盘，次列果子。惟大辽加之猪羊鸡鹅兔连骨熟肉为看盘，皆以小绳束之。又生葱韭蒜醋各一碟。三五人共列浆水一桶，立杓数枚。""看盘"只是摆样子的，不能吃的。"凡御宴至第三盏，方有下酒肉、咸豉、爆肉、双下驼峰角子"。第四盏下酒的禽子骨头、索粉、白肉胡饼；第五盏是群仙炙、开花饼、太平毕罗、干饭、缕肉羹、莲花肉饼；第六盏假圆鱼、密浮酥捺花；第七盏排炊羊、胡饼、炙金肠；第八盏假沙鱼、独下馒头、肚羹；第九盏水饭、簇饤下饭。如此而已。

宋朝市面上的吃食似乎很便宜。《东京梦华录》云："吾辈入店，则用一等玻璃浅棱碗，谓之'碧碗'，亦谓之'造羹'，菜蔬精细，谓之'造齑'，每碗十文"。"会仙楼"条载："止两人对坐饮酒……即银近百两矣"，初看吓人一跳。细看，这是指餐具的价值——宋人餐具多用银。

几乎所有记两宋风俗的书无不记"市食"。钱塘吴自牧《梦粱录·分茶酒店》最为详备。宋朝的肴馔好像多是"快餐"，是现成的。中国古代人流行吃羹。"三日入厨下，洗手作羹汤"，不说是洗手炒肉丝。《水浒传》林冲的徒弟说自己"安排得好菜蔬，端整得好汁水"，"汁水"也就是羹。《东京梦华录》云"旧只用匙今皆用筯矣"，可见本都是可喝的汤水。其次是各种燠菜、燠鸡、燠鸭、燠鹅。再次是半干的肉脯和全干的肉犯。几本书里都提到"影戏犯"，我觉得这就是四川的灯影牛肉一类的东西。炒菜也有，如炒蟹，但极少。

宋朝人饮酒和后来有些不同的，是总要有些鲜果干果，如柑、梨、蔗、柿，炒栗子、新银杏，以及莴苣、"姜油多"之类的菜蔬和玛瑙饧、泽州饧之类的糖稀。《水浒传》所谓"铺下果子按酒"，即指此类东西。

宋朝的面食品类甚多。我们现在叫做主食，宋人却叫"从食"。面食主要是饼。《水浒》动辄说"回些面来打饼"。饼有门油、菊花、宽焦、侧厚、油砣、新样满麻……《东京梦华录》载武成王庙前海州张家、皇建院前郑家最盛，每家有五十余炉。五十几个炉子一起烙饼，真是好家伙！

遍检《东京梦华录》、《都城纪胜》、《西湖老人繁胜录》、《梦粱录》、《武林旧事》，都没有发现宋朝人吃海参、鱼翅、燕窝的记载。吃这种滋补性的高蛋白的海味，大概从明朝才开始。这大概和明朝人的纵欲有关系，记得鲁迅好像曾经说过。

宋朝人好像实行的是"分食制"。《东京梦华录》云"用一等琉璃浅棱碗……每碗十文"，可证。《韩熙载夜宴图》上画的也是各人一份，不像后来大家合坐一桌，大盘大碗，筷子勺子一起来。这一点是颇合卫生的，因不易传染肝炎。

一九八七年一月十八日

口　蘑

口蘑因在张家口集散，故名。其实张家口市附近是不出口蘑的。口蘑的产地在坝上，内蒙。对于"口蘑"的正确理解，应该是：口外之蘑。

口蘑生长的秘密，好像到现在还没有揭开。口蘑长在草原上。很怪，只长在"口蘑圈"上。草原上往往有一个相当大的圆圈，正圆，这一圈的草长得特别绿，绿得发黑，这就是蘑菇圈。九月间，这是草原最美的时候。雨晴之后，天气潮闷，这是出蘑菇的时候。远远看去，蘑菇圈上一点一点白的，那是蘑菇出来了。蘑菇圈是固定的。今年这里出蘑菇，明年还出。蘑菇圈的成因，谁也说不明白。有人说这地方曾扎过蒙古包，蒙古人把吃剩的羊肉汤、羊骨头倒在蒙古包的周围，这一圈土特别肥沃，故草色浓绿，长蘑菇。这是想当然耳。有人曾挖取蘑菇圈上的土，移之他处，布入菌丝，希望获得人工驯化的口蘑，没有成功。

口蘑品类颇多。我曾在张家口沙岭子农业科学研究所画过一套《口蘑图谱》，皆以实物置之案前对写，自信对口蘑略有认识。口蘑的主要品种有：

黑蘑。菌盖白色，菌摺棕黑色。此为最常见者；菌行称之为"黑片蘑"，价贱，但口蘑香味仍甚浓。北京涮羊肉的"锅底"、浇豆腐脑的羊肉卤以及"炸丸子开锅"的汤里，放的都是黑片蘑。

白蘑。白蘑较小（黑蘑有大如碗口的），菌盖、菌摺都是白色。白蘑少，不易采到。味极鲜。我曾在沽源采到一枚白蘑，干制后带回北京，一只白蘑做了一大碗汤，全家人喝了，都说比鸡汤还鲜。

鸡腿子。菌把粗长，近根部鼓起，状如鸡腿。

青腿子。形状似鸡腿子，但微绿。干制后亦只是灰白色，几与鸡腿子无异。

鸡腿子、青腿子很少见，即张家口口蘑庄号中也不易买到。我画过，没有吃过。

此外还有"庙自行"、"蘑菇丁"……那都是商号巧立名目，只是初出即采得、未开伞者，不是特别的品种。

口蘑采得，即须穿线晾干，否则极易生蛆。口蘑干制后方有香味。我吃过自采的鲜口蘑，一点也不香，这也很奇怪。

口蘑宜重荤大油（制素什锦只用香菇，少有用口蘑者）。《老残游记》提到口蘑炖鸭，自是佳品。我曾在沽源吃过口蘑羊肉哨子蘸莜面，三者相得益彰，为平生难忘的一次口福。在呼和浩特一家饭馆吃过一盘炒口蘑，极滑润，油皆透入口蘑片中，盖以慢火炒成，虽名为炒，实是油焖。即使是口蘑烩豆腐，亦须荤汤，方出味。

手把羊肉

到了内蒙,不吃几回手把羊肉,算是白去了一趟。

到了草原,进蒙古包作客,主人一般总要杀羊。蒙古人是非常好客的。进了蒙古包,不论识与不识,坐下来就可以吃喝。有人骑马在草原上漫游,身上只背了一只羊腿。到了一家,主人把这只羊腿解下来。客人吃喝一晚,第二天上路时,主人给客人换一只新鲜羊腿,背着。有人就这样走遍几个盟旗,回家,依然带着一只羊腿。蒙古人诚实,家里有什么,都端出来。客人醉饱,主人才高兴。你要是虚情假意地客气一番,他会生气的。这种风俗的形成,和长期的游牧生活有关。一家子住在大草原上,天苍苍,野茫茫,多见牛羊少见人,他们很盼望来一位远方的客人谈谈说说。一坐下来，先是喝奶茶，吃奶食。奶茶以砖茶熬成，加奶，加盐。这种略带咸味的奶茶香港人大概是喝不惯的，但为蒙古人所不可或缺。奶食有奶皮子、奶豆腐、奶渣子。这时候，外面已经有人动手杀羊了。

蒙古人杀羊极利索。不用什么利刃，就是一把普通的折刀就行了。一会儿的工夫，一只整羊剔剥出来了，羊皮晾在草地上，羊肉已经进了锅。杀了羊，草地上连一滴血都不沾。羊血和内脏喂狗。蒙古狗极高大凶猛，样子怕人，跑起来后爪搭至前爪之前，能追吉普车！

手把羊肉就是白煮的带骨头的大块羊肉。一手攥着，一手用蒙古刀切割着吃。没有什么调料，只有一碗盐水，可以蘸蘸。这样的吃法，要有一点技巧。蒙古人能把一块肉搜剔得非常干净，吃完，只剩下一块雪白的骨头，连一丝肉都留不下。咱们吃了，总要留下一些筋头巴脑。蒙古人一看就知道：这不是一个牧民。

吃完手把肉，有时也用羊肉汤煮一点挂面。蒙古人不大吃粮食，他们早午喝奶茶时吃一把炒米，——黄米炒熟了，晚饭有时吃挂面。蒙古人买挂面不是论斤，而是一车一车地买。蒙古人搬家，——转移牧场，总有几辆勒勒车——牛车。牛车上有的装的是毛毯被褥，有一车装的是整车的挂面。蒙古人有时也吃烙饼，牛奶和的，放一点发酵粉，极香软。

我们在达茂旗吃了一次"羊贝子"，羊贝子即全羊。这是招待贵客才设的。整只的羊，在水里煮四十五分钟就上来了。吃羊贝子有一套规矩。全羊趴在一个大盘子里，羊蹄剁掉了，羊头切下来放在羊的颈部，先得由最尊贵的客人，用刀子切下两条一定部位的肉，斜十字搭在羊的脊背上，然后，羊头撤去，其他客人才能拿起刀来各选自己爱吃的部位片切了吃。我们同去的人中有的对羊贝子不敢领教。因为整只的羊才煮四十五分钟，有的地方一刀切下去，会沁出血来。本人则是"照吃不误"。好吃么？好吃极了！鲜嫩无比，人间至味。蒙古人认为羊肉煮老了不好吃！也不好消化；带一点生，没有关系。

  我在新疆吃过哈萨克族的手把肉,肉块切得较小,和面条同煮,吃时用右手抓了羊肉和面条同时入口,风味与内蒙的不同。

家常酒菜

家常酒菜，一要有点新意，二要省钱，三要省事。偶有客来，酒渴思饮。主人卷袖下厨，一面切葱姜，调佐料，一面仍可陪客人聊天，显得从容不迫，若无其事，方有意思。如果主人手忙脚乱，客人坐立不安，这酒还喝个什么劲！

拌菠菜

拌菠菜是北京大酒缸最便宜的酒菜。菠菜焯熟，切为寸段，加一勺芝麻酱、蒜汁，或要芥末，随意。过去（一九四八年以前）才三分钱一碟。现在北京的大酒缸已经没有了。

我做的拌菠菜稍为细致。菠菜洗净，去根，在开水锅中焯至八成熟（不可盖锅煮烂），捞出，过凉水，加一点盐，剁成菜泥，挤去菜汁，以手在盘中抟成宝塔状。先碎切香干（北方无香干，可以熏干代），如米粒大，泡好虾米，切姜末、青蒜末。香干末、虾米、姜末、青蒜末，手捏紧，分层堆在菠菜泥上，如宝塔顶。好酱油、香醋、小磨香油及少许味精在小碗中调好。菠菜上桌，将调料轻轻自塔顶淋下。吃时将宝塔推倒，诸料拌匀。

这是我的家乡制拌枸杞头、拌荠菜的办法。北京枸杞头不入馔，荠菜不香。无可奈何，代以菠菜。亦佳。清馋酒客，不妨一试。

拌萝卜丝

小红水萝卜，南方叫"杨花萝卜"，因为是杨花飘时上市的。洗净，去根须，不可去皮。斜切成薄片，再切为细丝，愈细愈好。加少糖，略腌，即可装盘，轻红嫩白，颜色可爱。扬州有一种菊花，即叫"萝卜丝"。临吃，浇以三合油（酱油、醋、香油）。

或加少量海蜇皮细丝同拌，尤佳。

家乡童谣曰："人之初，鼻涕拖，油炒饭，拌萝菠"，可见其普遍。

若无小水萝卜，可以心里美或卫青代，但不如杨花萝卜细嫩。

干　丝

干丝是扬州菜。北方买不到扬州那种质地紧密，可以片薄片，切细丝的方豆腐干，可以豆腐片代。但须选色白，质紧，片薄者。切极细丝，以凉水拔二三次，去盐卤味及豆腥气。

拌干丝，拔后的豆腐片细丝入沸水中煮两三开，捞出，沥去水，置浅汤碗中。青蒜切寸段，略焯，虾米发透，并堆置豆腐丝上。五香花生米搓去皮膜，撒在周围。好酱油、小磨香油，醋（少量），淋入，拌匀。

煮干丝。鸡汤或骨头汤煮。若无鸡汤骨汤，用高压锅煮几片肥瘦肉取汤亦可，但必须有荤汤，加火腿丝、鸡丝。亦可少加冬菇丝、笋丝。或入虾仁、干贝，均无不可。欲汤白者入盐。或稍加酱油（万不可多），少量白糖，则汤色微红。拌干丝宜素，要清爽；煮干丝则不厌浓厚。

无论拌干丝，煮干丝，都要加姜丝，多多益善。

扦瓜皮

黄瓜（不太老即可）切成寸段，用水果刀从外至内旋成薄条，如带，成卷。剩下带籽的瓜心不用。酱油、糖、花椒、大料、桂皮、胡椒（破粒）、干红辣椒（整个）、味精、料酒（不可缺）调匀。将扦好的瓜皮投入料汁，不时以筷子翻动，使瓜皮沾透料汁，腌约一小时，取出瓜皮装盘。先装中心，然后以瓜皮面朝外，层层码好，如一小馒头，仍以所余料汁自馒头顶淋下。扦瓜皮极脆，嚼之有声，诸味均透，仍有瓜香。此法得之海拉尔一曾治过国宴的厨师。一盘瓜皮，所费不过四五角钱耳。

炒苞谷

昆明菜。苞谷即玉米。嫩玉米剥出粒，与瘦猪肉同炒，少放盐。略用葱花煸锅亦可，但葱花不能煸得过老，如成黑色，即不美观。不宜用酱油，酱油会掩盖苞谷的清香。起锅时可稍烹水，但不能多，多则成煮苞谷矣！我到菜市买玉米，挑嫩的，别人都很奇怪："挑嫩的干什么？"——"炒肉。"——"玉米能炒了吃？"北京人真是少见多怪。

松花蛋拌豆腐

北豆腐入开水焯过，俟冷，切为小骰子块，加少许盐。松花蛋（要腌得较老的），亦切为骰子块，与豆腐同拌。老姜在蒜臼中捣烂，加水，滗去渣，淋入。不宜用姜米，亦不加醋。

芝麻酱拌腰片

拌腰片要领：一、先不要去腰臊，只用快刀两面平片，剩下腰臊即可扔掉。如先将腰子平剖两半，剥出腰臊，再用平刀片，则腰片易残破不整。二、腰片须用凉水拔，频频换水，至腰片血水排净，方可用。三、焯腰片要锅大水多。等水大开，将腰片推下，旋即用笊篱抄出，不可等腰片复开。将第一次焯腰片的水泼去，洗净锅，再坐锅，水大开，将焯过一次的腰片投入再焯，旋即捞出，放凉水盆中。两次焯，则腰片已熟，而仍脆嫩。如一次焯，待腰片大开，即成煮矣。腰片凉透，挤去水，入盘，浇以芝麻酱、剁碎的郫县豆瓣、葱末、姜米、蒜泥。

拌里肌片

以四川制水煮牛肉法制猪肉，亦可。里肌或通脊斜切薄片，以芡粉抓过。烧开水一锅，投入肉片，以笊篱翻拢，至肉片变色，即可捞出，加调料。

如热吃，即可倾入水煮牛肉的调料：郫县豆瓣（剁碎）炒至出香味，加酱油、少量糖、料酒。最后撒碾碎的生花椒、芝麻。

焯过肉的汤，撇去浮沫，可做一个紫菜汤。

塞馅回锅油条

油条两股拆开，切成寸半长的小段。拌好猪肉（肥瘦各半）馅。馅中加盐、葱花、姜末。如加少量榨菜末或酱瓜末、川冬菜末，亦可。用手指将油条小段的窟窿捅通，将肉馅塞入、逐段下油锅炸至油条挺硬，肉馅已熟，捞出装盘。此菜嚼之酥脆。

油条中有矾，略有涩味，比炸春卷味道好。

这道菜是本人首创，为任何菜谱所不载。很多菜都是馋人瞎捉摸出来的。

其他酒菜

凤尾鱼、广东香肠，市上可以买到；茶叶蛋、油炸花生米、五香煮栗子、煮毛豆，人人会做；盐水鸭、水晶肘子，做起来太费事，皆不及。

一九八七年七月二十五日

菌小谱

南方的很多地方把冬菇叫香蕈（xùn）。长江以北似不产冬菇。

我小时候常随祖母到观音庵去。祖母吃长斋，杀生日都在庵中过。素席上总有一道菜：香蕈饺子。香蕈汤一大碗先上桌，素馅饺子油炸至酥脆，倾入汤，嗤啦一声，香蕈香气四溢，味殊不恶。这种做法近似口蘑锅巴，只是口蘑锅巴的汤是荤汤。香蕈饺子如用荤汤，当更味重，但饺子似宜仍用素馅，取其有蔬笋气，不压冬菇香味。

冬菇当以凉水发，方能保持香气。如以热水发，味减。

冬菇干制，可以致远。吃过鲜冬菇的人不多。我在井冈山吃过，大井山上有一个五保户老妈妈，生产队特批她砍倒一棵椴树生冬菇。冬菇源源不绝地生长。房东老邹隔两三天就为我们去买半篮。以茶油炒，鲜嫩腴美，不可名状。或以少许腊肉同炒，更香。鲜菇之外，青菜汤一碗，辣腐乳一小碟。红米饭三碗，顷刻下肚，意犹未足。

我在昆明住过七年，离开已四十年，不忘昆明的菌子。

雨季一到，诸菌皆出，空气里一片菌子气味。无论贫富，都能吃到菌子。

常见的是牛肝菌、青头菌。牛肝菌菌盖正面色如牛肝。其特点是背面无菌摺，是平的，只有无数小孔，因此菌肉很厚，可切成薄片，宜于炒食。入口滑细，极鲜，炒牛肝菌要加大量蒜薄片，否则吃了会头晕。菌香、蒜香扑鼻，直入脏腑。牛肝菌价极廉，青头菌稍贵。青头菌菌盖正面微带苍绿色，菌摺雪白，烩或炒，宜放盐，用酱油颜色就不好看了。或以为青头菌格韵较高，但也有人偏嗜牛肝菌，以其滋味较为强烈浓厚。

最名贵是鸡𥻗，鸡𥻗之名甚奇怪。"𥻗"字别处少见。为什么叫"鸡㙡",众说不一。这东西生长地方也奇怪,生在田野间的白蚁窝上。为什么专长在白蚁窝上,这道理连专家也没弄明白。鸡㙡菌菌盖小而菌把粗长,吃的主要便是形似鸡大腿的菌把。鸡㙡是菌中之王。味道如何?真难比方。可以说这是植物鸡。味正似当年的肥母鸡,但鸡肉粗而菌肉细腻,且鸡肉无此特殊的菌子香气。昆明甬道街有一家不大的云南馆子,制鸡㙡极有名。

菌子里味道最深刻(请恕我用了这样一个怪字眼)、样子最难看的,是干巴菌。这东西像一个被踩破的马蜂窝,颜色如半干牛粪,乱七八糟,当中还夹杂了许多松毛、草茎,择起来很费事。择出来也没有大片,只是螃蟹小腿肉粗细的丝丝。洗净后,与肥瘦相间的猪肉、青辣椒同炒,入口细嚼,半天说不出话来。干巴菌是菌子,但有陈年宣威火腿香味、宁波油浸糟白鱼鲞香味、苏州风鸡香味、南京鸭胗肝香味,且杂有松毛清香气味。干巴菌晾干,加辣椒同腌,可以久藏,味与鲜时无异。

样子最好看的是鸡油菌。个个正圆,银元大,嫩黄色，但据说不好吃。干巴菌和鸡油菌，一个中吃不中看，一个中看不中吃！

未有人工培养的"洋蘑菇"之前，北京菜市偶尔有鲜蘑卖，是野生的，大概是柳蘑。肉片烩鲜蘑是一道时菜。五芳斋（旧在东安市场内）烩鲜蘑制作精细，无土腥气。但柳蘑没有多大吃头，只是吃个新鲜而已。

口蘑不像冬菇一样可以人工种植。口蘑生长的秘密，好像到现在还没有揭开。口蘑长在草原上。很怪，只长在"蘑菇圈"上。草原上往往有一个相当大的圆圈，正圆，圈上的草长得特别绿，绿得发黑，这就是蘑菇圈。九月间，雨晴之后，天气潮闷，这是出蘑菇的时候。远远一看，蘑菇圈从草间一点一点的白的，那是蘑菇出来了。蘑菇圈是固定的。今年这里出蘑菇，明年还出。蘑菇圈的成因，谁也说不明白。有人说这地方曾扎过蒙古包，蒙古人把吃剩的羊骨头、羊肉汤倒在蒙古包的周围，这一圈土特别肥沃，故草色浓绿，长蘑菇。这是想当然耳。有人曾挖取蘑菇圈的土，移之室内，布入口蘑菌丝，希望获得人工驯化的口蘑，没有成功。

口蘑品类颇多。我曾在张家口沙岭子农业科学研究所画过一套《口蘑图谱》，皆以实物置之案前摹写（口蘑颜色差别不大，皆为灰白色，只是形体有异，只须用钢笔蘸碳黑墨水描摹即可，不著色，亦为考虑印制方便故），自信对口蘑略有认识。口蘑主要的品种有：

黑蘑。菌摺棕黑色，此为最常见者。菌行称之为"黑片蘑"，价贱，但口蘑味仍甚浓。北京涮羊肉锅子中、浇豆腐脑的羊肉卤中及"炸丸子开锅"的铜锅里，所放的都是黑片蘑。"炸丸子开锅"所放的只是口蘑渣，无整只者。

白蘑。白蘑较小（黑蘑有大如碗口的），菌盖、菌摺都是白色。白蘑味极鲜。我曾在沽源采到一枚白蘑做了一大碗汤，全家人喝了，都说比鸡汤还鲜。——那是"三年困难"时期，若是现在，恐怕就不能那样香美了。

鸡腿子。菌把粗长，近根部鼓起，状如鸡腿。

青腿子。形状似鸡腿子，但微绿。——干制后亦是灰白色，几与鸡腿子无异。

鸡腿子、青腿子很少见，即张家口口蘑庄号中也不易买到。

此外还有"庙自生"、"蘑菇丁"……那都是商号巧立名目，其实不是特别的品种。

口蘑采得，即须穿线晾干，否则极易生蛆。口蘑干制后方有香味。我吃过自采的鲜口蘑，一点也不香，这也很奇怪。发口蘑当用开水。至少须发一夜。口蘑发涨后，将水滗出，这就是口蘑汤。口蘑菌褶中有沙，不可用手搓洗。以手搓，则沙永远不能清除，吃起来会牙碜。只能把发过的口蘑放入大碗中，满注清水，用筷子像打鸡蛋似地反复打。泥沙沉底后，换水再打。大约得换三四次水，打上千下，至碗内不复再有泥沙后，再用手指抠去泥根。

口蘑宜重荤大油（制素什锦一般只用香菇，少有用口蘑者）。《老残游记》提到口蘑炖鸭，自是佳品。我曾在沽源吃过口蘑羊肉哨子（"哨"字我始终不知该怎么写）蘸莜面，三者相得益彰，为平生难忘的一次口福。在呼和浩特一家饭馆吃过一盘炒口蘑，极滑润，油皆透入口蘑片中，盖以慢火炒成，虽名为炒，实是油焖。即口蘑煨南豆腐，亦须荤汤，方出味。

湖南极重菌油。秋凉时，长沙饭馆多卖菌油豆腐、菌油面，味道很好，但不知是何种菌耳。

中国种植"洋蘑菇"的历史不久。最初引进的是平蘑，即圆蘑菇。这东西种起来也很简单，但要花一笔"基本建设"的钱。马粪、铡细的稻草，拌匀，即为培养基土，装入无盖的木箱中，布入菌丝丝，一箱一箱逐层置在木架上，用不几天，就会出蘑。平蘑在室内栽培，露地不能生长。室内须保持一定的湿度和温度。平蘑生长甚快。我在沙岭子农科所画口蘑谱，在蘑菇房外面的一间小办公室里。我在外面画，它在里面长。我画完一张，进去看看，每只木箱中都已经长出白白的一层蘑菇。平蘑一茬接一茬，每天可采。

春节加菜：新采未开伞的平蘑切成薄片，加大量蒜黄、瘦猪肉同炒，一大盘，很解馋。平蘑片炒蒜黄，各种菜谱皆未载。这种搭配是很好的。平蘑要现采的，罐头平蘑不中吃。

北京近年菜市上平蘑少，但有大量的凤尾菇。乍出时，北京人觉得很新鲜，现在有点卖不动了。看来北京郊区洋蘑菇生产有点过剩了。

淡淡秋光

秋葵·凤仙花·秋海棠

秋葵叶似鸡脚,又名鸡脚葵、鸡爪葵。花淡黄色,淡若无质。花瓣内侧近蒂处有檀色晕斑。花心浅白,柱头深紫。秋葵不是名花,然而风致楚楚。古人诗说秋葵似女道士,我觉得很像,虽然我从未见过一个女道士。

凤仙花有单瓣、复瓣。单瓣者多为水红色。复瓣者为深红、浅红、白色。复瓣者花似小牡丹,只是看不见花蕊。花谢,结小房如玉搔头。凤仙花极易活,子熟,花房裂破,子实落在泥土、砖缝里,第二年就会长出一棵一棵的凤仙花,不烦栽种。凤仙花可染指甲。凤仙花捣烂，少加矾，用花叶包于指尖，历一夜，第二天指甲就成了浅浅的红颜色。北京人即谓凤仙为"指甲花"。现在大概没有用凤仙花染指甲的了，除非偏远山区的女孩子。

我们那里的秋海棠只有一种，矮矮的草本，开浅红色四瓣的花，中缀黄色的花蕊如小绒球。像北京的银星海棠那样硬杆、大叶、繁花的品种是没有的。

我母亲生肺病后（那年我才三岁）移居在一小屋中，与家人隔离。她死后，这间小屋就成了堆放她生前所用家具什物的贮藏室。有时需要取用一件什么东西，我的继母就打开这间小屋，我也跟着进去看过。这间小屋外面有一小天井，靠墙有一个秋叶形的小花坛。花坛里开着一丛秋海棠。也没有人管它，它自开自落。我母亲没有给我留下什么记忆。我记得的只有两件事。一件是我父亲陪母亲乘船到淮安去就医，把我带在身边。船篷里挂了好些船家自腌的大头菜（盐腌的，白色，有点像南浔大头菜，不像云南的"黑芥"），我一直记着这大头菜的气味。另一件便是这丛秋海棠。我记住这丛秋海棠的时候，我母亲去世已经有两三年了。我并没有感伤情绪，不过看见这丛秋海棠，总会想到母亲去世前是住在这里的。

香橼·木瓜·佛手

我家的"花园"里实在没有多少花。花园里有一座"土山"。这"土山"不知是怎么形成的，是一座长长的隆起的土丘。"山"上只有一棵龙爪槐，旁枝横出，可以倚卧。我常常带了一块带筋的酱牛肉或一块榨菜，半躺在横枝上看小说，读唐诗。"山"的东麓有两棵碧桃，一红一白，春末开花极繁盛。"山"的正面却种了四棵香橼。我不知道我的祖父在开园堆山时为什么要栽了这样几棵树。这玩意就是"橘逾淮南则为枳"的枳（其实这是不对的，橘与枳自是两种）。这是很结实的树。木质坚硬，树皮紧细光滑。叶片经冬不凋，深绿色。树枝有硬刺。春天开白色的花。花后结圆球形的果，秋后成熟。香橼不能吃，瓤极酸涩，很香，不过香得不好闻。凡花果之属有香气者，总要带点甜味才好，香橼的香气里却带有苦味。香橼很肯结，树上累累的都是深绿色的果子。香橼算是我家的"特产"，可以摘了送人。但似乎不受欢迎。没有什么用处，只好听它自己碧绿地垂在枝头。到了冬天，皮色变黄了，放在盘子里，摆在水仙花旁边，也还有点意思，其时已近春节了。总之，香橼不是什么佳果。

香橼皮晒干，切片，就是中药里的枳壳。

花园里有一棵木瓜，不过不大结。我们所玩的木瓜都是从水果摊上买来的。所谓"玩"，就是放在衣口袋里，不时取出来，凑在鼻子跟前闻闻。——那得是较小的，没有人在口袋里揣一个茶叶罐大小的木瓜的。木瓜香味很好闻。屋子里放几个木瓜，一屋子随时都是香的，使人心情恬静。

我们那里木瓜是不吃的。这东西那么硬，怎么吃呢？华南切为小薄片，制为蜜饯。——厦门人是什么都可以做蜜饯的，加了很多味道奇怪的药料。昆明水果店将木瓜切为大片，泡在大玻璃缸里。有人要买，随时用筷子夹出两片。很嫩，很脆，很香。泡木瓜的水里不知加了什么，否则这木头一样的瓜怎么会变得如此脆嫩呢？中国人从前是吃木瓜的。《东京梦华录》载"木瓜水"，这大概是一种饮料。

佛手的香味也很好。不过我真不知道一个水果为什么要长得这么奇形怪状！佛手颜色嫩黄可爱。《红楼梦》贾母提到一个蜜蜡佛手，蜜蜡雕为佛手，颜色、质感都近似，设计这件摆设的工匠是个聪明人。蜜蜡不是很珍贵的玉料，但是能够雕成一个佛手那样大的蜜蜡却少见，贾府真是富贵人家。

佛手、木瓜皆可泡酒。佛手酒微有黄色，木瓜酒却是红色的。

橡　栗

橡栗即"狙公赋芧"的芧，不知道为什么我们小时候却叫它"茅栗子"。这是"形近而讹"么？不过我小时候根本不认得这个"芧"字。橡即栎。我们也不认得"栎"字，只是叫它"茅栗子树"。我们那里茅栗子树极少，只有西门外小校场的西边有一棵，很大。到了秋天，茅栗子熟了，落在地下，我们就去捡茅栗子玩。茅栗有什么好玩的？形状挺有趣，有一点像一个小坛子，不过底是尖的。皮色浅黄，很光滑。如此而已。我们有时在它的像个小盖子似的蒂部扎一个小窟窿，插进半截火柴棍，成了一个"捻捻转"。用手一捻，它就在桌面上旋转，像一个小陀螺。如此而已。

小校场是很偏僻的地方，附近没有什么人家。有一回，我和几个女同学去捡茅栗子，天黑下来了，我们忽然有些害怕，就赶紧往城里走。路过一家孤零零的人家门外，门前站着一个岁数不大的人，说："你们要茅栗子么？我家里有！"我们立刻感到：这是个坏人。我们没有搭理他，只是加快了脚步，拼命地走。我是同学里的唯一的男子汉，便像一个勇士似的走在最后。到了城门口，发现这个坏人没有跟上来，才松了一口气。当时的紧张心情，我过了很多年还记得。

梧　桐

一叶落而知天下秋，梧桐是秋的信使。梧桐叶大，易受风。叶柄甚长，叶柄与树枝连接不很结实，好像是粘上去的。风一吹，树叶极易脱落。立秋那天，梧桐树本来好好的，碧绿碧绿，忽然一阵小风，欻的一声，飘下一片叶子，无事的诗人吃了一惊：啊！秋天了！其实只是桐叶易落，并不是对于时序有特别敏感的"物性"。梧桐落叶早，但不是很快就落尽。《唐明皇秋夜梧桐雨》证明秋后梧桐还是有叶子的，否则雨落在光秃秃的枝干上，不会发出使多情的皇帝伤感的声音。据我的印象，梧桐大批地落叶，已是深秋，树叶已干，梧桐籽已熟。往往是一夜大风，第二天起来一看，满地桐叶，树上一片也不剩了。

梧桐籽炒食极香，极酥脆，只是太小了。

我的小学校园中有几棵大梧桐，大风之后，我们就争着捡梧桐叶。我们要的不是叶片，而是叶柄。梧桐叶柄末端稍稍鼓起，如一小马蹄。这个小马蹄纤维很粗，可以磨墨。所谓"磨墨"，其实是在砚台上注了水，用粗纤维的叶柄来回磨蹭，把砚台上干硬的宿墨磨化了，可以写字了而已。不过我们都很喜欢用梧桐叶柄来磨墨，好像这样磨出的墨写出字来特别的好。一到梧桐落叶那几天，我们的书包里都有许多梧桐叶柄，好像这是什么宝贝。对于这样毫不值钱的东西的珍视，是可以不当一回事的么？不啊！这里凝聚着我们对于时序的感情。这是"俺们的秋天"。

一九八八年十一月九日

冬　天

天冷了，堂屋里上了槅子。槅子，是春暖时卸下来的，一直在厢屋里放着。现在，搬出来，刷洗干净了，换了新的粉连纸，雪白的纸。上了槅子，显得严紧，安适，好像生活中多了一层保护。家人闲坐，灯火可亲。

床上拆了帐子，铺了稻草。洗帐子要捡一个晴朗的好天，当天就晒干。夏布的帐子，晾在院子里，夏天离得远了。稻草装在一个布套里，粗布的，和床一般大。铺了稻草，暄腾腾的，暖和，而且有稻草的香味，使人有幸福感。

不过也还是冷的。南方的冬天比北方难受，屋里不升火。晚上脱了棉衣，钻进冰凉的被窝里，早起，穿上冰凉的棉袄棉裤，真冷。

放了寒假，就可以睡懒觉。棉衣在铜炉子上烘过了，起来就不是很困难了。尤其是，棉鞋烘得热热的，穿进去真是舒服。

我们那里生烧煤的铁火炉的人家很少。一般取暖，只是铜炉子，脚炉和手炉。脚炉是黄铜的，有多眼的盖。里面烧的是粗糠。粗糠装满，铲上几铲没有烧透的芦柴火（我们那里烧芦苇，叫做"芦柴"）的红灰盖在上面。粗糠引着了，冒一阵烟，不一会，烟尽了，就可以盖上炉盖。粗糠慢慢延烧，可以经很久。老太太们离不开它。闲来无事，抹抹纸牌，每个老太太脚下都有一个脚炉。脚炉里粗糠太实了，空气不够，火力渐微，就要用"拨火板"沿炉边挖两下，把粗糠拨松，火就旺了。脚炉暖人。脚不冷则周身不冷。焦糠的气味也很好闻。仿日本俳句，可以作一首诗："冬天，脚炉焦糠的香。"手炉较脚炉小，大都是白铜的，讲究的是银制的。炉盖不是一个一个圆窟窿，大都是镂空的松竹梅花图案。手炉有极小的，中置炭墼（煤炭研为细末，略加蜜，筑成饼状），以纸煤头引着。一个炭墼能经一天。

冬天吃的菜，有乌青菜、冻豆腐、咸菜汤。乌青菜塌棵，平贴地面，江南谓之"塌苦菜"，此菜味微苦。我的祖母在后园辟小片地，种乌青菜，经霜，菜叶边缘作紫红色，味道苦中泛甜。乌青菜与"蟹油"同煮，滋味难比。"蟹油"是以大螃蟹煮熟剔肉，加猪油"炼"成的，放在大海碗里，凝成蟹冻，久贮不坏，可吃一冬。豆腐冻后，不知道为什么是蜂窝状。化开，切小块，与鲜肉、咸肉、牛肉、海米或咸菜同煮，无不佳。冻豆腐宜放辣椒、青蒜。我们那里过去没有北方的大白菜，只有"青菜"。大白菜是从山东运来的，美其名曰"黄芽菜"，很贵。"青菜"似油菜而大，高二尺，是一年四季都有的，家家都吃的菜。咸菜即是用青菜腌的。阴天下雪，喝咸菜汤。

冬天的游戏：踢毽子，抓子儿，下"逍遥"。"逍遥"是在一张正方的白纸上，木版印出螺旋的双道，两道之间印出八仙、马、兔子、鲤鱼、虾……；每样都是两个，错落排列，不依次序。玩的时候各执铜钱或象棋子为子儿，掷骰子，如果骰子是五点，自"起马"处数起，向前走五步，是兔子，则可向内圈寻找另一个兔子，以子儿押在上面。下一轮开始，自里圈兔子处数起，如是六点，进六步，也许是铁拐李，就寻另一个铁拐李，把子儿押在那个铁拐李上。如果数至里圈的什么图上，则到外圈去找，退回来。点数够了，子儿能进终点（终点是一座宫殿式的房子，不知是月宫还是龙门），就算赢了。次后进入的为"二家"、"三家"。"逍遥"两个人玩也可以，三个四个人玩也可以。不知道为什么叫做"逍遥"。

早起一睁眼，窗户纸上亮晃晃的，下雪了！雪天，到后园去折腊梅花、天竺果。明黄色的腊梅、鲜红的天竺果，白雪，生意盎然。腊梅开得很长，天竺果尤为耐久，插在胆瓶里，可经半个月。

舂粉子。有一家邻居，有一架碓。这架碓平常不大有人用，只在冬天由附近的一二十家轮流借用。碓屋很小，除了一架碓，只有一些筛子、箩。踩碓很好玩，用脚一踏，吱扭一声，碓嘴扬了起来，嘭的一声，落在碓窝里。粉子舂好了，可以蒸糕，做"年烧饼"（糯米粉为蒂，包豆沙白糖，作为饼，在锅里烙熟），搓圆子（即汤团）。舂粉子，就快过年了。

一九八八年十二月二十二日

韭菜花

五代杨凝式是由唐代的颜柳欧褚到宋四家苏黄米蔡之间的一个过渡人物。我很喜欢他的字。尤其是《韭花帖》。不但字写得好,文章也极有风致。文不长,录如下:

昼寝乍兴,辋饥正甚,忽蒙简翰,猥赐盘飧。当一叶报秋之初,乃韭花逞味之始。助其肥羜(zhù 音柱)实谓珍馐。充腹之余,铭肌载切,谨修状陈谢,伏维鉴察,谨状。

七月十一日　凝式状

使我兴奋的是:
一、韭花见于法帖,此为第一次,也许是唯一的一次。此帖即以"韭花"名，且文字完整，全篇可读，读之如今人语，至为亲切。我读书少，觉韭花见之于"文学作品"，这也是头一回。韭菜花这样的虽说极平常，但极有味的东西，是应该出现在文学作品里的。

二、杨凝式是梁、唐、晋、汉、周五朝元老，官至太子太保，是个"高干"，但是收到朋友赠送的一点韭菜花，却是那样的感激，正儿八经地写了一封信（杨凝式多作草书，黄山谷说："谁知洛阳杨风子，下笔便到乌丝阑"，《韭花帖》却是行楷），这使我们想到这位太保在口味上和老百姓的离脱不大。彼时亲友之间的馈赠，也不过是韭菜花这样的东西。今天，恐怕是不行的了。

三、这韭菜花不知道是怎样做成的，是清炒的，还是腌制的？但是看起来是配着羊肉一起吃的。"助其肥羜"，"羜"是出生五个月的小羊，杨凝式所吃的未必真是五个月的羊羔子，只是因为《诗·小雅·伐木》有"既有肥羜"的成句，就借用了吧。但是以韭花与羊肉同食，却是可以肯定的。北京现在吃涮羊肉，缺不了韭菜花，或以为这办法来自蒙古或西域回族，原来中国五代时已经有了。杨凝式是陕西人，以韭菜花蘸羊肉吃，盖始于中国西北诸省。

北京的韭菜花是腌了后磨碎了的，带汁。除了是吃涮羊肉必不可少的调料外，就这样单独地当咸菜吃也是可以的。熬一锅虾米皮大白菜，佐以一碟韭菜花，或臭豆腐，或卤虾酱，就着窝头、贴饼子，在北京的小家户，就是一顿不错的饭食。从前在科班里学戏，给饭吃，但没有菜，韭菜花、青椒糊、酱油、拿开水在大木桶里一沏，这就是菜。韭菜花很便宜，拿一只空碗，到油盐店去，三分钱、五分钱，售货员就能拿铁勺子舀给你多半勺。现在都改成用玻璃瓶装，不卖零，一瓶要一块多钱，很贵了。

过去有钱的人家自己腌韭菜花，以韭花和沙果、京白梨一同治为碎齑，那就很讲究了。

云南的韭菜花和北方的不一样。昆明韭菜花和曲靖韭菜花不同。昆明韭菜花是用酱腌的，加了很多辣子。曲靖韭菜花是白色的，乃以韭花和切得极细的、风干了的萝卜丝同腌成，很香，味道不很咸而有一股说不出来淡淡的甜味。曲靖韭菜花装在一个浅白色的茶叶筒似的陶罐里。凡到曲靖的，都要带几罐送人。我常以为曲靖韭菜花是中国咸菜里的"神品"。

我的家乡是不懂得把韭菜花腌了来吃的，只是在韭花还是骨朵儿，尚未开放时，连同掐得动的嫩薹，切为寸段，加瘦猪肉，炒了吃，这是"时菜"，过了那几天，菜薹老了，就没法吃了，作虾饼，以爆炒的韭菜骨朵儿衬底，美不可言。

四方食事

(一) 口　味

"口之于味,有同嗜焉"。好吃的东西大家都爱吃。宴会上有烹大虾(得是极新鲜的),大都剩不下。但是也不尽然。羊肉是很好吃的。"羊大为美"。中国人吃羊肉的历史大概和这个民族的历史同样久远。中国羊肉的吃法很多,不能列举。我以为最好吃的是手把羊肉。维吾尔、哈萨克都有手把羊肉,但似以内蒙为最好。内蒙很多盟旗都说他们那里的羊肉不膻,因为羊吃了草原上的野葱,生前已经自己把膻味解了。我以为不膻固好,膻亦无妨。我曾在达茂旗吃过"羊贝子",即白煮全羊。

整只羊放在锅里只煮四十五分钟（为了照顾远来的汉人客人，多煮了十五分钟，他们自己吃，只煮半小时），各人用刀割取自己中意的部位，蘸一点作料（原来只备一碗盐水，近年有了较多的作料）吃。羊肉带生，一刀切下去，会汪出一点血，但是鲜嫩无比。内蒙人说，羊肉越煮越老，半熟的，才易消化，也能多吃。我几次到内蒙，吃羊肉吃得非常过瘾。同行有一位女同志，不但不吃，连闻都不能闻。一走进食堂，闻到羊肉气味就想吐。她只好每顿用开水泡饭，吃咸菜，真是苦煞。全国不吃羊肉的人，不在少数。

"鱼羊为鲜"，有一位老同志是获鹿县人，是回民，他倒是吃羊肉的，但是一生不解何所谓鲜。他的爱人是南京人，动辄说："这个菜很鲜"，他说，"什么叫'鲜'？我只知道什么东西吃着'香'。"要解释什么是"鲜"，是困难的。我的家乡以为最能代表鲜味的是虾子。虾子冬笋、虾子豆腐羹，都很鲜。虾子放得太多，就会"鲜得连眉毛都掉了"的。我有个小孙女，很爱吃我配料煮的龙须挂面。

有一次我放了虾子,她尝了一口,说"有股什么味!"不吃。

中国不少省份的人都爱吃辣椒。云、贵、川、黔、湘、赣。延边朝鲜族也极能吃辣。人说吃辣椒爱上火。井冈山人说:"辣子有补(没有营养),两头受苦"。我认识一个演员,他一天不吃辣椒,就会便秘!我认识一个干部,他每天在机关吃午饭,什么菜也不吃,只带了一小饭盒油炸辣椒来,吃辣椒下饭,顿顿如此。此人真是个吃辣椒专家,全国各地的辣椒,都设法弄了来吃。据他的品评,认为土家族的最好。有一次他带了一饭盒来,让我尝尝,真是又辣又香。然而有人是不吃辣的。我曾随剧团到重庆体验生活。四川无菜不辣,有人实在受不了。有一个演员带了几个年轻的女演员去吃汤圆,一个唱老旦的演员进门就嚷嚷:"不要辣椒!"卖汤圆的白了她一眼:"汤圆没有放辣椒的!"

北方人爱吃生葱生蒜。山东人特爱吃葱,吃煎饼、锅盔,没有葱是不行的。有一个笑话:婆媳吵嘴,儿媳妇跳了井。儿子回来,婆婆说:"可了不得啦，你媳妇跳井啦！"儿子说："不咋！"，拿了一根葱在井口逛了一下，媳妇就上来了。山东大葱的确很好吃，葱白长至半尺，是甜的。江浙人不吃生葱蒜，做鱼肉时放葱，谓之"香葱"，实即北方的小葱，几根小葱，挽成一个疙瘩，叫做"葱结"。他们把大葱叫做"胡葱"，即做菜时也不大用。有一个著名女演员，不吃葱，她和大家一同去体验生活，菜都得给她单做。"文化大革命"斗她的时候，这成了一条罪状。北方人吃炸酱面，必须有几瓣蒜。在长影拍片时，有一天我起晚了，早饭已经开过，我到厨房里和几位炊事员一块吃。那天吃的是炸油饼，他们吃油饼就蒜。我说，"吃油饼哪有就蒜的！"一个河南籍的炊事员说："嘿！你试试！"果然，"另一个味儿"。我前几年回家乡，接连吃了几天鸡鸭鱼虾，吃腻了，我跟家里人说："给我下一碗阳春面，弄一碟葱，两头蒜来。"家里人看我生吃葱蒜，大为惊骇。

有些东西，本来不吃，吃吃也就习惯了。我曾经夸口，说我什么都吃，为此挨了两次捉弄。一次在家乡。我原来不吃芫荽（香菜），以为有臭虫味。一次，我家所开的中药铺请我去吃面，——那天是药王生日，铺中管事弄了一大碗凉拌芫荽，说："你不是什么都吃吗？"我一咬牙吃了。从此，我就吃芫荽了。后来北地，每吃涮羊肉，调料里总要撒上大量芫荽。一次在昆明。苦瓜，我原来也是不吃的，——没有吃过。我们家乡有苦瓜，叫做癞葡萄，是放在瓷盘里看着玩，不吃的。有一位诗人请我下小馆子，他要了三个菜：凉拌苦瓜、炒苦瓜、苦瓜汤。他说："你不是什么都吃吗？"从此，我就吃苦瓜了。北京人原来是不吃苦瓜的，近年也学会吃了。不过他们用凉水连"拔"三次，基本上不苦了，那还有什么意思！

有些东西，自己尽可不吃，但不要反对旁人吃。不要以为自己不吃的东西，谁吃，就是岂有此理。比如广东人吃蛇，吃龙虱；傣族人爱吃苦肠，即牛肠里没有完全消化的粪汁，蘸肉吃。这在广东人、傣族人，是没有什么奇怪的。他们爱吃，你管得着吗？不过有些东西，我也以为不吃为宜，比如炒肉芽——腐肉所生之蛆。

总之，一个人的口味要宽一点、杂一点，"南甜北咸东辣西酸"，都去尝尝。对食物如此，对文化也应该这样。

（二）切　脍

《论语·乡党》："食不厌精，脍不厌细"，中国的切脍不知始于何时。孔子以"食"、"脍"对举，可见当时是相当普遍的。北魏贾思勰《齐民要术》提到切脍。唐人特重切脍，杜甫诗累见。宋代切脍之风亦盛。《东京梦华录·三月一日开金明池琼林苑》："多垂钓之士，必于池苑所买牌子，方许捕鱼。游人得鱼，倍其价买之。临水斫脍，以荐芳樽，乃一时佳味也"。元代，关汉卿曾写过"望江楼中秋切脍"。明代切脍，也还是有的，但《金瓶梅》中未提及，很奇怪。《红楼梦》也没有提到。到了近代，很多人对切脍是怎么回事，都茫然了。

脍是什么？杜诗邵注："鲙，即今之鱼生、肉生"。更多指鱼生，脍的繁体字是"鱠"，可知。

杜甫《阌乡姜七少府设鲙戏赠长歌》对切脍有较详细的描写。脍要切得极细，"脍不厌细"，杜诗亦云："无声细下飞碎雪"。脍是切片还是切丝呢？段成式《酉阳杂俎·物革》云："进士段硕常识南孝廉者，善斫脍，縠薄丝缕，轻可吹起。"看起来是片和丝都有的。切脍的鱼不能洗。杜诗云："落砧何曾白纸湿"，邵注："凡作鲙，以灰去血水，用纸以隔之"，大概是隔着一层纸用灰吸去鱼的血水。《齐民要术》："切鲙不得洗，洗则鲙湿。"加什么佐料？一般是加葱的，杜诗："有骨已剁觜春葱"。《内则》："鲙，春用葱，夏用芥"。葱是葱花，不会是葱段。至于下不下盐或酱油，乃至酒、酢，则无从臆测，想来总得有点咸味，不会是淡吃。

切脍今无实物可验。杭州楼外楼解放前有名菜醋鱼带靶。所谓"带靶"，即将活草鱼的脊背上的肉剔下，切成极薄的片，浇好酱油，生吃。我以为这很近乎切脍。我在一九四七年春天曾吃过，极鲜美。这道菜听说现在已经没有了，不知是因为有碍卫生，还是厨师无此手艺了。

日本鱼生我未吃过。北京西四牌楼的朝鲜冷面馆卖过鱼生、肉生。北京乃切成一寸见方、厚约二分的鱼片，蘸极辣的作料吃。这与"縠薄丝缕"的切脍似不是一回事。

与切脍有关联的，是"生吃螃蟹活吃虾"。生螃蟹我未吃过，想来一定非常好吃。活虾我可吃得多了。前几年回乡，家乡人知道我爱吃"呛虾"，于是餐餐有呛虾。我们家乡的呛虾是用酒把白虾（青虾不宜生吃）"醉"死了的。解放前杭州楼外楼呛虾，是酒醉而不待其死，活虾盛于大盘中，上覆大碗，上桌揭碗，虾蹦得满桌，客人捉而食之。用广东话说，这才真是"生猛"。听说楼外楼现在也不卖呛虾了，惜哉！

下生蟹活虾一等的，是将虾蟹之属稍加腌制。宁波的梭子蟹是用盐腌过的，醉蟹、醉泥螺，醉蚶子、醉蛏鼻，都是用高粱酒"醉"过的。但这些都还是生的。因此，都很好吃。

我以为醉蟹是天下第一美味。家乡人贻我醉蟹一小坛。有天津客人来，特地为他剁了几只。他吃了一小块，问："是生的？"就不敢再吃。

"生的"，为什么就不敢吃呢？法国人、俄罗斯人，吃牡蛎，都是生吃。我在纽约南海岸吃过鲜蚌，那绝对是生的，刚打上来的，而且什么作料都不搁，经我要求，服务员才给了一点胡椒粉。好吃么？好吃极了！

为什么"切脍"、生鱼活虾好吃？曰：存其本味。

我以为"切脍"之风，可以恢复。如果觉得这不卫生，可以仿照纽约南海岸的办法：用"远红外"或什么东西处理一下，这样既不失本味，又无致病之虞。如果这样还觉得"膈应"，吞不下，吞下要反出来，那完全是观念上的问题。当然，我也不主张普遍推广，可以满足少数老饕的欲望，"内部发行"。

(三) 河 豚

阅报,江阴有人食河豚中毒,经解救,幸得不死,杨花扑面,节近清明,这使我想起,正是吃河豚的时候了。苏东坡诗:

竹外桃花三两枝,
春江水暖鸭先知。
蒌蒿满地芦芽短,
正是河豚欲上时。

梅圣俞诗:

河豚当此时,
贵不数鱼虾。

宋朝人是很爱吃河豚的,没有真河豚,就用了不知什么东西做出河豚的样子和味道,谓之"假河豚",

聊以过瘾,《东京梦华录》等书都有记载。

江阴当长江入海处不远,产河豚最多,也最好。每年春天,鱼市上有很多河豚卖。河豚的脾气很大,用小木棍捅捅它,它就把肚子鼓起来,再捅,再鼓,终至成了一个圆球。江阴河豚品种极多。我所就读的南菁中学的生物实验室里搜集了各种河豚,浸在装了福尔马林的玻璃器内。有的很大,有的小如金钱龟。颜色也各异,有带青绿色的,有白的,还有紫红的。这样齐全的河豚标本,大概只有江阴的中学才能搜集得到。

河豚有剧毒。我在读高中一年级时,江阴乡下出了一件命案,"谋杀亲夫"。"奸夫"、"淫妇"在游街示众后,同时枪决。毒死亲丈夫的东西,即是一条煮熟的河豚。因为是"花案",那天街的两旁有很多人鹄立伫观。但是实在没有什么好看,奸夫淫妇都蠢而且丑,奸夫还是个黑脸的麻子。这样的命案,也只能出在江阴。

但是河豚很好吃,江南谚云:"拼死吃河豚",豁出命去,也要吃,可见其味美。据说整治得法,是不会中毒的。我的几个同学都曾约定请我上家里吃一次河豚,说是"保证不会出问题"。江阴正街上有一饭馆,是卖河豚的。这家饭馆有一块祖传的木板,刷印保单,内容是如果在他家铺里吃河豚中毒致死,主人可以偿命。

河豚之毒在肝脏、生殖腺和血,这些可以小心地去掉。这种办法有例可援,即"洁本金瓶梅"是。

我在江阴读书两年,竟未吃过河豚,至今引为憾事。

(四) 野　菜

春天了,是挖野菜的时候了。踏青挑菜,是很好的风俗。人在屋里闷了一冬天,尤其是妇女,到野地里活动活动,呼吸一点新鲜空气,看看新鲜的绿色,身心一快。

南方的野菜,有枸杞、荠菜、马兰头……北方野菜则主要的是苣荬菜。枸杞、荠菜、马兰头用开水焯过，加酱油、醋、香油凉拌。苣荬菜则是洗净，去根，蘸甜面酱生吃。或曰吃野菜可以"清火"，有一定道理。野菜多半带一点苦味，凡苦味菜，皆可清火。但是更重要的是吃个新鲜。有诗人说："这是吃春天"，这话说得有点做作，但也还说得过去。

敦煌变文、《云谣集杂曲子》、打枣杆、挂枝儿、吴歌，乃至《白雪遗音》等等，是野菜。因为它新鲜。

一九八九年四月十八日

寻常茶话

袁鹰编《清风集》约稿。我对茶实在是个外行。茶是喝的，而且喝得很勤，一天换三次叶子。每天起来第一件事，便是坐水，沏茶。但是毫不讲究。对茶叶不挑剔。青茶、绿茶、花茶、红茶、沱茶、乌龙茶，但有便喝。茶叶多是别人送的，喝完了一筒，再开一筒，喝完了碧螺春，第二天就可以喝蟹爪水仙。但是不论什么茶，总得是好一点的。太次的茶叶，便只好留着煮茶叶蛋。《北京人》里的江泰认为喝茶只是"止渴生津利小便"，我以为还有一种功能，是：提神。《陶庵梦记》记闵老子茶，说得神乎其神。我则有点像董日铸，以为"浓、热、满三字尽茶理"。我不喜欢喝太烫的茶，沏茶也不爱满杯。我的家乡认为客人斟茶斟酒"酒要满，茶要浅"，茶斟得太满是对客人不敬，甚至是骂人。于是就只剩下一个字：浓。我喝茶是喝得很酽的。曾在机关开会，有个女同志尝了我的一口茶，说是"跟药一样"。因此，写不出关于茶的文章。要写，也只是些平平常常的话。

我读小学五年级那年暑假，我的祖父不知怎么忽然高了兴，要教我读书。"穿堂"的右侧有两间空屋。里间是佛堂，挂了一幅丁云鹏画的佛像，佛的袈裟是朱红的。佛像下，是一尊乌斯藏铜佛。我的祖母每天早晚来烧一炷香。外间本是个贮藏室，房梁上挂着干菜，干的粽叶。靠墙有一缸"臭卤"，面筋、百叶、笋头、苋菜秸都放在里面臭。临窗设一方桌，便是我的书桌。祖父每天早晨来讲《论语》一章，剩下的时间由我自己写大小字各一张。大字写《圭峰碑》，小字写《闲邪公家传》，都是祖父从他的藏帖里拿来给我的。隔日作文一篇。还不是正式的八股，是一种叫做"义"的文体，只是解释《论语》的内容。题目是祖父出的。我共做了多少篇"义"，已经不记得了。只记得有一题是"孟子反不伐义"。

祖父生活俭省,喝茶却颇考究。他是喝龙井的,泡在一个深栗色的扁肚子的宜兴砂壶里,用一个细瓷小杯倒出来喝。他喝茶喝得很酽,一次要放多半壶茶叶。喝得很慢,喝一口,还得回味一下。

他看看我的字,我的"义";有时会另拿一个杯子,让我喝一杯他的茶。真香。从此我知道龙井好喝,我的喝茶浓酽,跟小时候的熏陶也有点关系。

后来我到了外面,有时喝到龙井茶,会想起我的祖父,想起孟子反。

我的家乡有"喝早茶"的习惯,或者叫做"上茶馆"。上茶馆其实是吃点心,包子、蒸饺、烧麦、千层糕……茶自然是要喝的。在点心未端来之前,先上一碗干丝。我们那里原先没有煮干丝,只有烫干丝。干丝在一个敞口的碗里堆成塔状,临吃,堂倌把装在一个茶杯里的佐料——酱油、醋、麻油浇入。喝热茶、吃干丝,一绝!

抗日战争时期,我在昆明住了七年,几乎天天泡茶馆。"泡茶馆"是西南联大学生特有的说法。本地人叫做"坐茶馆","坐",本有消磨时间的意思,"泡"则更胜一筹。这是从北京带过去的一个字,"泡"者,长时间地沉溺其中也,与"穷泡"、"泡蘑菇"的"泡"是同一语源。联大学生在茶馆里往往一泡就是半天。干什么的都有。聊天、看书、写文章。有一位教授在茶馆里读梵文。有一位研究生,可称泡茶馆的冠军。此人姓陆,是一怪人。他曾经徒步旅行了半个中国,读书甚多,而无所著述,不爱说话。他简直是"长"在茶馆里。上午、下午、晚上,要一杯茶,独自坐着看书。他连漱洗用具都放在一家茶馆里,一起来就到茶馆里洗脸刷牙。听说他后来流落四川,穷困潦倒而死,悲夫!

昆明茶馆里卖的都是青茶,茶叶不分等次,泡在盖碗里。文林街后来开了家"摩登"茶馆,用玻璃杯卖绿茶、红茶——滇红、滇绿。滇绿色如生青豆,滇红色似"中国红"葡萄酒,茶叶都很厚。滇红尤其经泡,三开之后,还有茶色。我觉得滇红比祁（门）红、英（德）红都好，这也许是我的偏见。当然比斯里兰卡的"利普顿"要差一些——有人喝不来"利普顿"，说是味道很怪。人之好恶，不能勉强。

我在昆明喝过烤茶。把茶叶放在粗陶的烤茶罐里，放在炭火上烤得半焦，倾入滚水，茶香扑人。几年前在大理街头看到有烤茶缸卖，犹豫一下，没有买。买了，放在煤气灶上烤，也不会有那样的味道。

一九四六年冬，开明书店在绿杨邨请客。饭后，我们到巴金先生家喝工夫茶。几个人围着浅黄色的老式圆桌，看陈蕴珍（萧珊）"表演"濯器、炽炭、注水、淋壶、筛茶。每人喝了三小杯。我第一次喝功夫茶，印象深刻。这茶太酽了，只能喝三小杯。在座的除巴先生夫妇，有靳以、黄裳。一转眼，四十三年了。靳以、萧珊都不在了。巴老衰病，大概没有喝一次功夫茶的兴致了。那套紫砂茶具大概也不在了。

我在杭州喝过一杯好茶。

一九四七年春，我和几个在一个中学教书的同事到杭州去玩。除了"西湖景"，使我难忘的两样方物，一是醋鱼带把。所谓"带把"，是把活草鱼的脊肉剔下来，快刀切为薄片，其薄如纸，浇上好秋油，生吃。鱼肉发甜，鲜脆无比。我想这就是中国古代的"切脍"。一是在虎跑喝的一杯龙井。真正的狮峰龙井雨前新芽，每蕾皆一旗一枪，泡在玻璃杯里，茶叶皆直立不倒，载浮载沉，茶色颇淡，但入口香浓，直透肺腑，真是好茶！只是太贵了。一杯茶，一块大洋，比吃一顿饭还贵。狮峰茶名不虚，但不得虎跑水不可能有这样的味道。我自此才知道，喝茶，水是至关重要的。

我喝过的好水有昆明的黑龙潭泉水。骑马到黑龙潭，疾驰之后，下马到茶馆里喝一杯泉水泡的茶，真是过瘾。泉就在茶馆檐外地面，一个正方的小池子，看得见泉水咕嘟咕嘟往上冒。井冈山的水也很好，水清而滑。有的水是"滑"的，"温泉水滑洗凝脂"并非虚语。井冈山水洗被单，越洗越白；以泡"狗古脑"茶，色味俱发，不知道水里含了什么物质。天下第一泉、第二泉的水，我没有喝出什么道理。济南号称泉城，但泉水只能供观赏，以泡茶，不觉得有什么特点。

有些地方的水真不好。比如盐城。盐城真是"盐城"，水是咸的。中产以上人家都吃"天落水"。下雨天，在天井上方张了布幕，以接雨水，存在缸里，备烹茶用。最不好吃的水是菏泽。菏泽牡丹甲天下，因为菏泽土中含碱，牡丹喜碱性土。我们到菏泽看牡丹，牡丹极好，但茶没法喝。不论是青茶、绿茶，沏出来一会儿就变成红茶了，颜色深如酱油，入口成涩。由菏泽往梁山，住进招待所后，第一件事便是赶紧用不带碱味的甜水沏一杯茶。

老北京早起都要喝茶，得把茶喝"通"了，这一天才舒服。无论贫富，皆如此。一九四八年我在午门历史博物馆工作。馆里有几位看守员，岁数都很大了。他们上班后，都是先把带来的窝头片在炉盘上烤上，然后轮流用水汆坐水沏茶。茶喝足了，才到午门城楼的展览室里去坐着。他们喝的都是花茶。

寻常茶话

北京人爱喝花茶，以为只有花茶才算是茶（很多人把茉莉花叫做"茶叶花"）。我不太喜欢花茶，但好的花茶例外，比如老舍先生家的花茶。

老舍先生一天离不开茶。他到莫斯科开会，苏联人知道中国人爱喝茶，倒是特意给他预备了一个热水壶。可是，他刚沏了一杯茶，还没喝几口，一转脸，服务员就给倒了。老舍先生很愤慨地说："他妈的！他不知道中国人喝茶是一天喝到晚的！"一天喝茶喝到晚，也许只有中国人如此。外国人喝茶都是论"顿"的，难怪那位服务员看到多半杯茶放在那里，以为老先生已经喝完了，不要了。

龚定庵以为碧螺春天下第一。我曾在苏州东山的"雕花楼"喝过一次新采的碧螺春。"雕花楼"原是一个华侨富商的住宅，楼是进口的硬木造的，到处都雕了花，八仙庆寿、福禄寿三星、龙、凤、牡丹……真是集恶俗之大成。但碧螺春真是好。不过茶是泡在大碗里的，我觉得这有点煞风景。后来问陆文夫，文夫说碧螺春就是讲究用大碗喝的。茶极细，器极粗，亦怪！

我还在湖南桃源喝过一次擂茶。茶叶、老姜、芝麻、米、加盐放在一个擂钵里，用硬木的擂棒"擂"成细末，用开水冲开，便是擂茶。我在《湘行二记》中对擂茶有较详细的叙述，为省篇幅，不再抄引。

茶可入馔，制为食品。杭州有龙井虾仁，想不恶。裘盛戎曾用龙井茶包饺子，可谓别出心裁。日本有茶粥。《俳人的食物》说俳人小聚，食物极简单，但"唯茶粥一品，万不可少"。茶粥是啥样的呢？我曾用粗茶叶煎汁，加大米熬粥，自以为这便是"茶粥"了。有一阵子，我每天早起喝我所发明的茶粥，自以为很好喝。四川的樟茶鸭子乃以柏树枝、樟树叶及茶叶为熏料，吃起来有茶香而无茶味。曾吃过一块龙井茶心的巧克力，这简直是恶作剧！用上海人的话说：巧克力与龙井茶实在完全"弗搭界"。

一九八九年九月十六日

五　味

　　山西人真能吃醋！几个山西人在北京下饭馆，坐定之后，还没有点菜，先把醋瓶子拿过来，每人喝了三调羹醋。邻座的客人直瞪眼。有一年我到太原去，快过春节了。别处过春节，都供应一点好酒，太原的油盐店却都贴出一个条子："供应老陈醋，每户一斤。"这在山西人是大事。

　　山西人还爱吃酸菜，雁北尤甚。什么都拿来酸，除了萝卜白菜，还包括杨树叶子，榆树钱儿。有人来给姑娘说亲，当妈的先问，那家有几口酸菜缸。酸菜缸多，说明家底子厚。

　　辽宁人爱吃酸菜白肉火锅。

　　北京人吃羊肉酸菜汤下杂面。

　　福建人、广西人爱吃酸笋。我和贾平凹在南

宁，不爱吃招待所的饭，到外面瞎吃。平凹一进门，就叫："老友面！""老友面"者，酸笋肉丝氽汤下面也，不知道为什么叫做"老友"。

傣族人也爱吃酸。酸笋炖鸡是名菜。

延庆山里夏天爱吃酸饭。把好好的饭焐酸了，用井拔凉水一和，呼呼地就下去了三碗。

都说苏州菜甜，其实苏州菜只是淡，真正甜的是无锡。无锡炒鳝糊放那么多糖！包子的肉馅里也放很多糖，没法吃！

四川夹沙肉用大片肥猪肉夹了洗沙蒸，广西芋头扣肉用大片肥猪肉夹芋泥蒸，都极甜，很好吃，但我最多只能吃两片。

广东人爱吃甜食。昆明金碧路有一家广东人开的甜品店，卖芝麻糊、绿豆沙，广东同学趋之若鹜。"番薯糖水"即用白薯切块熬的汤，这有什么好喝的呢？广东同学曰："好嘢！"

北方人不是不爱吃甜，只是过去糖难得。我家曾有老保姆，正定乡下人，六十多岁了。她还有个婆婆，八十几了。她有一次要回乡探亲，临行称了两斤白糖，说她的婆婆就爱喝个白糖水。

北京人很保守，过去不知苦瓜为何物，近年有人学会吃了。菜农也有种的了。农贸市场上有很好的苦瓜卖，属于"细菜"，价颇昂。

北京人过去不吃蕹菜，不吃木耳菜，近年也有人爱吃了。

北京人在口味上开放了！

北京人过去就知道吃大白菜。由此可见，大白菜主义是可以被打倒的。

北方人初春吃苣荬菜。苣荬菜分甜荬、苦荬，苦荬相当的苦。

有一个贵州的年轻女演员上我们剧团学戏，她的妈妈不远迢迢给她寄来一包东西，是"择耳根"，或名"则尔根"，即鱼腥草。她让我尝了几根。这是什么东西？苦，倒不要紧，它有一股强烈的生鱼腥味，实在招架不了！

剧团有一干部,是写字幕的,有时也管杂务。此人是个吃辣的专家。他每天中午饭不吃菜,吃辣椒下饭。全国各地的,少数民族的,各种辣椒,他都千方百计地弄来吃,剧团到上海演出,他帮助搞伙食,这下好,不会缺辣椒吃。原以为上海辣椒不好买,他下车第二天就找到一家专卖各种辣椒的铺子。上海人有一些是能吃辣的。

我的吃辣是在昆明练出来的,曾跟几个贵州同学在一起用青辣椒在火上烧烧,蘸盐水下酒。平生所吃辣椒之多矣,什么朝天椒、野山椒,都不在话下。我吃过最辣的辣椒是在越南。一九四六年,由越南转道往上海,在海防街头吃牛肉粉,牛肉极嫩,汤极鲜,辣椒极辣,一碗汤粉,放三四丝辣椒就辣得不行。这种辣椒的颜色是橘黄色的。在川北,听说有一种辣椒本身不能吃,用一根线吊在灶上,汤做得了,把辣椒在汤里涮涮,就辣得不得了。云南佧佤族有一种辣椒,叫"涮涮辣",与川北吊在灶上的辣椒大概不相上下。

四川不能说是最能吃辣的省份,川菜的特点是辣且麻，——搁很多花椒。四川的小面馆的墙壁上黑漆大书三个字：麻辣烫。麻婆豆腐、干煸牛肉丝、棒棒鸡，不放花椒不行。花椒得是川椒，捣碎，菜做好了，最后再放。

周作人说他的家乡整年吃咸极了的咸菜和咸极了的咸鱼，浙东人确实吃得很咸。有个同学，是台州人，到铺子里吃包子，掰开包子就往里倒酱油。口味的咸淡和地域是有关系的。北京人说南甜北咸东辣西酸，大体不错。河北，东北人口重，福建菜多很淡。但这与个人的性格习惯也有关。湖北菜并不咸，但闻一多先生却嫌云南蒙自的菜太淡。

中国人过去对吃盐很讲究，如桃花盐、水晶盐，"吴盐胜雪"，现在则全国都吃再制精盐。只有四川人腌咸菜还坚持用自贡产的井盐。

我不知道世界上还有什么国家的人爱吃臭。

过去上海、南京、汉口都卖油炸臭豆腐干。长沙火宫殿的臭豆腐因为一个大人物年轻时常吃而出名。这位大人物后来还去吃过，说了一句话："火宫殿的臭豆腐还是好吃。""文化大革命"中火宫殿的影壁上就出现了两行大字：

最高指示：
火宫殿的臭豆腐还是好吃。

我们一个同志到南京出差，他的爱人是南京人，嘱咐他带一点臭豆腐干回来。他千方百计，居然办到了。带到火车上，引起一车厢的人强烈抗议。

除豆腐干外，面筋、百叶（千张）皆可臭。蔬菜里的莴苣、冬瓜、豇豆皆可臭。冬笋的老根咬不动，切下来随手就扔进臭坛子里。——我们那里很多人家都有个臭坛子，一坛子"臭卤"。腌芥菜挤下的汁放几天即成"臭卤"。臭物中最特殊的是臭苋菜秆。苋菜长老了，主茎可粗如拇指，高三四尺，截成二寸许小段，入臭坛。臭熟后，外皮是硬的，里面的芯成果冻状。嚼住一头，一吸，芯肉即入口中。这是佐粥的无上妙品。我们那里叫做"苋菜秸子",湖南人谓之"苋菜咕",因为吸起来"咕"的一声。

北京人说的臭豆腐指臭豆腐乳。过去是小贩沿街叫卖的:

"臭豆腐,酱豆腐,王致和的臭豆腐。"臭豆腐就贴饼子,熬一锅虾米皮白菜汤,好饭!现在王致和的臭豆腐用很大的玻璃方瓶装,很不方便,一瓶一百块,得很长时间才能吃完,而且卖得很贵,成了奢侈品。我很希望这种包装能改进,一器装五块足矣。

我在美国吃过最臭的"气死"(干酪),洋人多闻之掩鼻,对我说起来实在没有什么,比臭豆腐差远了。

甚矣,中国人口味之杂也,敢说堪为世界之冠。

萝 卜

杨花萝卜即北京的小水萝卜。因为是杨花飞舞时上市卖的,我的家乡名之曰:"杨花萝卜。"这个名称很富于季节感。我家不远的街口一家茶食店的屋下有一个岁数大的女人摆一个小摊子,卖供孩子食用的便宜的零吃。杨花萝卜下来的时候,卖萝卜。萝卜一把一把地码着。她不时用炊帚洒一点水,萝卜总是鲜红的。给她一个铜板,她就用小刀切下三四根萝卜。萝卜极脆嫩,有甜味,富水分。自离家乡后,我没有吃过这样好吃的萝卜。或者不如说自我长大后没有吃过这样好吃的萝卜,小时候吃的东西都是最好吃的。

除了生嚼,杨花萝卜也能拌萝卜丝。萝卜斜切为薄片,再切为细丝,加酱油、醋、香油略拌,撒一点青蒜，极开胃。小孩的顺口溜唱道：

> 人之初，
> 鼻涕拖，
> 油炒饭，
> 拌萝菠。

油炒饭加一点葱花，在农村算是美食，佐以拌萝卜丝一碟，吃起来是很香的。

萝卜丝与细切的海蜇皮同拌，在我的家乡是上酒席的，与香干拌荠菜、盐水虾、松花蛋同为凉碟。

北京的拍水萝卜也不错，但宜少入白糖。

北京人用水萝卜切片，氽羊肉汤，味鲜而清淡。

烧小萝卜，来北京前我没有吃过（我的家乡杨花萝卜没有熟吃的），很好。有一位台湾女作家来北京，要我亲自做一顿饭请她吃。我给她做了几个菜，其中一个是烧小萝卜。她吃了赞不绝口。那当然是不难吃的；那两天正是小萝卜最好吃的时候，都长足了，但还很嫩，不糠；而且我是用干贝烧的。她说台湾没有这种水萝卜。

我们家乡有一种穿心红萝卜，粗如黄酒盏，长可三四寸，外皮深紫红色，里面的肉有放射形的紫红纹，紫白相间，若是横切开来，正如中药里的槟榔片（卖时都是直切），当中一线贯通，色极深，故名穿心红。卖穿心红萝卜的挑担，与山芋（红薯）同卖，山芋切厚片。都是生吃。

紫萝卜不大，大的如一个大衣扣子，扁圆形，皮色乌紫。据说这是五倍子染的。看来不是本色，因为它掉色。吃了，嘴唇牙肉也是乌紫乌紫的。里面的肉却是嫩白的。这种萝卜非本地所产，产在泰州。每年秋末，就有泰州人来卖紫萝卜，都是女的，挎一个柳条篮子，沿街吆喝："紫萝——卜！"

我在淮安第一回吃到青萝卜。曾在淮安中学借读过一个学期，一到星期日，就买了七八个青萝卜，一堆花生，几个同学，尽情吃一顿。后来我到天津吃过青萝卜，觉得淮安青萝卜比天津的好。大抵一种东西第一回吃,总是最好的。

天津吃萝卜是一种风气。五十年代初,我到天津,一个同学的父亲请我们到天华景听曲艺。座位之前有一溜长案,摆得满满的,除了茶壶茶碗,瓜子花生米碟子,还有几大盘切成薄片的青萝卜。听"玩艺儿"吃萝卜,此风为别处所无。天津谚云:"吃了萝卜喝热茶,气得大夫满街爬",吃萝卜喝茶,此风亦为别处所无。

心里美萝卜是北京特色。一九四八年冬天,我到了北京,街头巷尾,每每听到吆喝:"哎——萝卜,赛梨来——辣来换……"声音高亮打远。看来在北京做小买卖的,都得有条好嗓子。卖"萝卜赛梨"的,萝卜都是一个一个挑选过的,用手指头一弹,当当的;一刀切下去,咔嚓嚓的响。

我在张家口沙岭子劳动,曾参加过收心里美萝卜。张家口土质于萝卜相宜,心里美皆甚大。收萝卜时是可以随便吃的。和我一起收萝卜的农业工人起出一个萝卜,看一看,不怎么样的,随手就扔进了大堆。一看,这个不错,往地下一扔,叭嚓,裂成了几瓣,

"行!"于是各拿一块啃起来,甜,脆,多汁,难可名状。他们说:"吃萝卜,讲究吃棒打萝卜。"

张家口的白萝卜也很大。我参加过张家口地区农业展览会的布置工作,送展的白萝卜都特大。白萝卜有象牙白和露八分。露八分即八分露出土面,露出土面部分外皮淡绿色。

我的家乡无此大白萝卜,只是粗如小儿臂而已。家乡吃萝卜只是红烧,或素烧,或与臀肩肉同烧。

江南人特重白萝卜炖汤,常与排骨或猪肉同炖。白萝卜耐久炖,久则出味。或入淡菜,味尤厚。沙汀《淘金记》写幺吵吵每天用牙巴骨炖白萝卜,吃得一家脸上都是油光光的。天天吃是不行的,隔几天吃一次,想亦不恶。

四川人用白萝卜炖牛肉,甚佳。

扬州人、广东人制萝卜丝饼,极妙。北京东华门大街曾有外地人制萝卜丝饼,生意极好。此人后来不见了。

北京人炒萝卜条,是家常下饭菜。或入酱炒,则为南方人所不喜。

白萝卜最能消食通气。我们在湖南体验生活,有位领导同志,接连五天大便不通,吃了各种药都不见效,憋得他难受得不行。后来生吃了几个大白萝卜,一下子畅通了。奇效如此,若非亲见,很难相信。

萝卜是腌制咸菜的重要原料。我们那里,几乎家家都要腌萝卜干。腌萝卜干的是红皮圆萝卜。切萝卜时全家大小一齐动手。孩子切萝卜,觉得这个一定很甜,尝一瓣,甜,就放在一边,自己吃。切一天萝卜,每个孩子肚子里都装了不少。萝卜干盐渍后须在芦席上摊晒,水气干后,入缸、压紧、封实,一两月后取食。我们那里说在商店学徒(学生意)要"吃三年萝卜干饭",谓油水少也。学徒不到三年零一节,不满师,吃饭须自觉,筷子不能往荤菜盘里伸。

扬州一带酱园里卖萝卜头,乃甜面酱所腌,口感甚佳。孩子们爱吃,一半也因为它的形状很好玩,圆圆的,比一个鸽子蛋略大。此北地所无,天源、六必居都没有。

北京有小酱萝卜，配粥甚佳。大腌萝卜咸得发苦，不好吃。

四川泡菜什么萝卜都可以泡，红萝卜、白萝卜。

湖南桑植卖泡萝卜。走几步，就有个卖泡萝卜的摊子。萝卜切成大片，泡在广口玻璃瓶里，给毛把钱即可得一片，边走边吃。峨眉山道边也有卖泡萝卜的，一面涂了一层稀酱。

萝卜原产中国，亦以中国的为最好。有春萝卜、夏萝卜、秋萝卜、四季萝卜、一年到头都有。可生食、煮食、腌制。萝卜所惠于中国人者亦大矣。美国有小红萝卜，大如元宵，皮色鲜红可爱，吃起来则淡而无味。异域得此，聊胜于无。爱伦堡小说写几个艺术家吃奶油蘸萝卜，喝伏特加，不知是不是这种红萝卜。我在爱荷华南朝鲜人开的菜铺的仓库里看到一堆心里美，大喜。买回来一吃，味道满不对，形似而已。日本人爱吃萝卜，好像是煮熟蘸酱吃的。

米线和饵块

未到昆明之前,我没有吃过米线和饵块。离开昆明以后,也几乎没有再吃过米线和饵块。我在昆明住过将近七年,吃过的米线饵块可谓多矣。大概每个星期都得吃个两三回。

米线是米粉像压饸饹似的压出来的那么一种东西,粗细也如张家口一带的莜面饸饹。口感可完全不同。米线洁白,光滑,柔软。有个女同学身材细长,皮肤很白,有个外号,就叫米线。这东西从作坊里出来的时候就是熟的,只需放入配料,加一点水,稍煮,即可食用。昆明的米线店都是用带把的小铜锅,一锅只能煮一两碗,多则三碗,谓之"小锅米线"。昆明人认为小锅煮的米线才好吃。米线配料有多种,除了爨肉之外,都是预先熟制好了的。昆明米线店很多，几乎每条街都有。文林街就有两家。

一家在西边，近大西门，坐南朝北。这家卖的米线花样多，有闷鸡米线、爨肉米线、鳝鱼米线、叶子米线。闷鸡其实不是鸡，是瘦肉，煸妙之后，加酱油香料煮熟。爨肉即鲜肉末。米线煮开，拨入肉末，见两开，即得。昆明人不知道为什么把这种做法叫做爨肉，这是个多么复杂难写的字！云南因有二爨（《爨宝子》、《爨龙颜》）碑，很多人能认识这个字，外省人多不识。云南人把荤菜分为两类，大块炖猪肉以及鸡鸭牛羊肉，谓之"大荤"，炒蔬菜而加一点肉丝或肉末，谓之"爨荤"。"爨荤"者零碎肉也。爨肉米线的名称也许是这样引伸出来的。鳝鱼米线的鳝鱼是鳝鱼切段，加大蒜闷酥了的。"叶子"即炸猪皮。这东西有的地方叫"响皮"，很多地方叫"假鱼肚"，叫做"叶子"，似只有云南一省。

街东的一家坐北朝南，对面是西南联大教授宿舍，沈从文先生就住在楼上临街的一间里面。这家房屋桌凳比较干净，米线的味道也较清淡，只有焖鸡和爨肉两种，不过备有鸡蛋和西红柿，可以加在米线里。巴金同志在纪念沈先生文中说沈先生经常以两碗米线，加鸡蛋西红柿，就算是一顿饭了，指的就是这一家。沈先生通常吃的是爨肉米线。这家还卖鸡头脚（卤煮）和油炸花生米，小饮极便。

芶忠寺坡有一家卖㸆肉米线。白汤。大块臀肩肥瘦肉煮得极㸆，放大瓷盘中。米线烫热浇汤后，用包馄饨用的竹片扒下约半两㸆肉，堆在米线上面。汤肥，味厚。全城卖㸆肉米线者只此一家。

青云街有一家卖羊血米线。大锅两口，一锅开水，一锅煮着生的羊血。羊血并不凝结，只是像一锅嫩豆腐。米线放在漏勺里在开水锅中冒得滚烫，抚羊血一大勺盖在米线上，浇芝麻酱，撒上香菜蒜泥，吃辣的可以自己加。有的同学不敢问津，或望望然而去之，因为羊血好像不熟，我则以为是难得的异味。

正义路有一个奎光阁，门面颇大，有楼，卖凉米线。米线，加好酱油，酸甜醋（昆明的醋有两种，酸醋和甜醋，加醋时店伙都要问："吃酸醋嘛甜醋?"通常都答曰："酸甜醋"，即两样都要)、五辛生菜、辣椒。夏天吃凉米线，大汗淋漓，然而浑身爽快。奎光阁在我还在昆明时就关张了。

护国路附近有一条老街，有一家专卖干烧米线，门面甚小，座位靠墙，好像摆在一个半截胡同里，没几张小桌子。干烧米线放大量猪油，酱油，一点儿汤，加大量的辣椒面和川花椒末，烧得之后，无汁水，是盛在盘子里吃的。颜色深红，辣椒和花椒的香气冲鼻子。吃了这种米线得喝大量的茶，——最好是沱茶，因为味道极其强烈浓厚，"叫水"；而且麻辣味在舌上久留不去，不用茶水涮一涮，得一直张嘴哈气。

最为名贵的自然是过桥米线。过桥米线和汽锅鸡堪称昆明吃食的代表作。过桥米线以正义路牌楼西侧一家最负盛名。这家也卖别的饭菜，但是顾客多是冲过桥米线来的。入门坐定，叫过菜，堂倌即在每人面前放一盘生菜（主要是豌豆苗）；一盘（九寸盘）生鸡片、腰片、鱼片、猪里肌片、宣威

米线和饵块　127

火腿片，平铺盘底，片大，而薄几如纸；一碗白胚米线。随即端来一大碗汤。汤看来似无热汽，而汤温高于一百摄氏度，因为上面封了厚厚的一层鸡油。我们初到昆明，就听到不止一个人的警告：这汤万万不能单喝。说有一个下江人司机，汤一上来，端起来就喝，竟烫死了。把生片推入汤中，即刻就都熟了；然后把米线、生菜拨入汤碗，就可以吃起来。鸡片腰片鱼片肉片都极嫩，汤极鲜，真是食品中的尤物。过桥米线有个传说，说是有一秀才，在村外小河对岸书斋中苦读，秀才娘子每天给他送米线充饥，为保持鲜嫩烫热，遂想出此法。娘子送吃的，要过一道桥。秀才问："这是什么米线？"娘子说"过桥米线！""过桥米线"的名称就是这样来的。此恐是出于附会。"过桥"之名我于南宋人笔记中即曾见过，书名偶忘。

饵块有两种。

一种是汤饵块和炒饵块。饵块乃以米粉压成大坨，于大甑内蒸熟，长方形，一坨有七八寸长，五寸来宽，厚约寸许，四角浑圆，如一小枕头。

将饵块横切成薄片，再加几刀，切如骨牌大，入汤煮，即汤饵块；亦可加肉片青菜炒，即炒饵块。我们通常吃汤饵块，吃炒饵块时少。炒饵块常在小饭馆里卖，汤饵块则在较大的米线店里与米线同卖。饵块亦可以切成细条，名曰饵丝。米线柔滑，不耐咀嚼，连汤入口，便顺流而下，一直通过喉咙入肚。饵块饵丝较有咬劲。不很饿，吃米线；倘要充腹耐饥，吃饵块或饵丝。汤饵块饵丝，配料与米线同。青莲街逼死坡下，有一家本来是卖甜品的，忽然别出心裁，添卖牛奶饵丝和甜酒饵丝，生意颇好。或曰：饵丝怎么可以吃甜的？然而，饵丝为什么不能吃甜的呢？既然可以有甜酒小汤圆，当然也可以有甜酒饵丝。昆明甜酒味浓，甜酒饵丝香，醇，甜，糯。据本省人说：饵块以腾冲的最好。腾冲炒饵块别名"大救驾"。传南明永历帝朱由榔，败走滇西，至腾冲，饥不得食，土人进炒饵块一器，朱由榔吞食馨尽，说："这可真是救了驾了！"遂有此名。腾冲的炒饵块我吃过，只觉得切得极薄，配料讲究，吃起来与昆明的炒饵块也无多大区别。据云腾冲的饵块乃专用某地出的上等大米舂粉制成，粉质精细，为他处所不及。只有本省人能品尝各地的米质精粗，外省吃不出所以然。

烧饵块的饵块是米粉制的饼状物，"昆明有三怪，粑粑叫饵块……"指的就是这东西。饵块是椭圆形的，形如北方的牛舌饼大，比常人的手掌略长一些，边缘稍厚。烧饵块多在晚上卖。远远听见一声吆唤："烧饵块……"声音高亢，有点悽凉。走近了，就看到一个火盆，置于支脚的架子上，盆中炽着木炭，上面是一个横搭于盆口的铁箅子，饵块平放在箅子上，卖烧饵的用一柄柿油纸扇煽着木炭，炭火更旺了，通红的。昆明人不用葵扇，煽火多用状如葵扇的柿油纸扇。铁箅子前面是几个搪瓷把缸，内装不同的酱，平列在一片木板上。不大一会，饵块烧得透了，内层绵软，表面微起薄壳，即用竹片从搪瓷缸中刮出芝麻酱、花生酱、甜面酱、泼了油的辣椒面，依次涂在饵块的一面，对折起来，状如老式木梳，交给顾客。

两手捏着，边吃边走，咸、甜、香、辣，并入饥肠。四十余年，不忘此味。我也忘不了那一声凄凉而悠远的吆唤："烧饵块……"

一九八六年，我重回了一趟昆明。昆明变化很大。就拿米线饵块来说，也有了很大的变化。我住在圆通街，出门到青云街、文林街、凤翥街、华山西路、正义路各处走了走。我没有见到焖鸡米线、爨肉米线、鳝鱼米线、叶子米线，问之本地老人，说这些都没有了。代之而起的是到处都卖肠旺米线。"肠"是猪肠子，"旺"是猪血，西南几省都把猪血叫做"血旺"或"旺子"。肠旺米线四十多年前昆明是没有的，这大概是贵州传过来的。什么时候传来的？为什么肠旺米线能把焖鸡爨肉……都打倒，变成肠旺米线的一统天下呢？是焖鸡、爨肉没人爱吃？费工？不赚钱？好像也都不是。我实在百思不得其解。

我没有去吃过桥米线，因为本地人告诉我，现在的过桥米线大大不如从前了。没有那样的鸡片、腰片，——没有那样的刀工。没有那样的汤。那样的汤得用肥母鸡才煨得出,现在没有那样的肥母鸡。

烧饵块的饵块倒还有,但是不是椭圆的,变成了圆的。也不像从前那样厚实,镜子样的薄薄一个圆片,大概是机制的。现在还抹那么多种酱么?还用栎碳火来烧么?

这些变化是怎么发生的?为什么会发生?

一九九〇年十一月二十四日

作家谈吃第一集

——《知味集》后记

编完了这本书的稿子，说几句有关的和无关的话。

这本书还是值得看看的。里面的文章，风格各异，有的人书俱老，有的文采翩翩，都可读。不过书名起得有点冒失了。"人莫不饮食也，鲜能知味也"。知味实不容易，说味就更难。从前有人没有吃过葡萄，问人葡萄是什么味道，答曰"似软枣"，我看不像。"千里莼羹，末下盐豉"，和北方的酪可谓毫不相干。山里人不识海味，有人从海边归来盛称海错之美，乡间人争舐其眼。此人大概很能说味。我在福建吃过泥蚶，觉得好吃得不得了，但是回来之后，告诉别人，只能说非常鲜，嫩，不用任何佐料，剥了壳即可入口，而五味俱足，而且不会使人饱餍,越吃越想吃,而已。但是大家还是很爱谈吃。常听到的闲谈的话题是"精神会餐"。说的人津津有味,听的人倾耳入神。但是"精神会餐"者,精神也,只能调动人对某种食物的回忆和想象,谈是当不得吃的。此集所收文章所能达到的效果,也只是这样,使谈者对吃过的东西有所回味,对没吃过的有所向往,"吊吊胃口"罢了。读了一篇文章,跟吃过一盘好菜毕竟不一样(如是这样,就可以多开出版社,少开餐馆)。作家里有很会做菜的。本书的征稿小启中曾希望会做菜的作家将独得之秘公诸于众。本书也有少数几篇是涉及菜的做法的。做菜是有些要领的。炒多种物料放一起的菜,比如罗汉斋,要分别炒,然后再入锅混合,如果冬菇、冬笋、山药、百果、油菜……同时下锅,则将一塌糊涂,生的生,烂的烂。但是做菜主要靠实践,总要失败几次,才能取得经验。想从这本书里学几手,大概是不行的。这本书不是菜谱食单,只是一本作家谈吃的散文集子,读者也只宜当散文读。

数了数文章的篇数,觉得太少了。中国是一个吃的大国,只有这样几篇,实在是挂一漏万。而且谈大菜、名菜的少,谈小吃的多。谈大菜的只有王世襄同志的谈糟溜鱼片一篇。"八大菜系"里,只有一篇谈苏帮菜的,其余各系均付阙如,霍达的谈涮羊肉,只能算是谈了一种中档菜(她的文章可是高档的)。谈豆腐的倒有好几篇,豆腐是很好吃的东西,值得编一本专集,但和本书写到的和没有写到的肴馔平列,就有点过于突出,不成比例。这是什么原因呢?一是大菜、名菜很不好写。山东的葱烧海参,只能说是葱香喷鼻而不见葱;苏州松鹤楼的乳腐肉,只能说是"嫩得像豆腐一样";四川的樟茶鸭子,只能说是鸭肉酥嫩,而有樟树茶叶香;镇江刀鱼,只能说:鲜!另外,这本书编得有点不合时宜。名菜细点,如果仔细揣摩,能近取譬,还是可以使人得其仿佛的,但是有人会觉得:这是什么时候,谈吃!再有,就是使人有"今日始知身孤寒"之感。我们的作家大都还是寒士。鲥鱼卖到一斤百元以上,北京较大的甲鱼七十元一斤,作家,谁吃得起？名贵的东西，已经成了走门子行贿的手段。买的人不吃，吃的人不买。而这些受贿者又只吃而不懂吃，瞎吃一通，或懂吃又不会写。于是，作家就只能写豆腐。

中国烹饪的现状到底如何？有人说中国的烹饪艺术出现危机。我看这不无道理。时常听到：什么什么东西现在没有了，什么什么菜不是从前那个味儿了。原因何在？很多。一是没有以前的材料。前几年，我到昆明，吃了汽锅鸡，索然无味；吃过桥米线，也一样。一问，才知道以前的汽锅鸡用的是武定牡鸡（武定特产，阉了的母鸡），现在买不到。过桥米线本来也应该是武定牡鸡的汤。我到武定，吃汽锅鸡，也不是"牡鸡"！北京现在的"光鸡"只有人工饲养的"西装鸡"和"华都肉鸡"，怎么做也是不好吃的。二是赔不起那功夫。过去北京的谭家菜要几天前预定，因为谭家菜是火候菜，不能嗟咄立办。张大千做一碗清炖吕宋黄翅，要用十四天。吃安徽菜，要能等。现在大家都等不及。镇江的肴肉过去精肉肥肉都是实在的，现在的肴肉是软趴趴的，切不成片，我看是卤渍和石压的时间不够。淮扬一带的狮子头，过去讲究"细切粗斩"，先把肥瘦各半的硬肋肉切成石榴米大，再略剁几刀。现在是一塌括子放进绞肉机里一绞，求其鲜嫩，势不可能。再有，我看是经营管理和烹制的思想有问题。过去的饭馆都有些老主顾，他们甚至常坐的座位都是固定的。菜品稍有逊色，便会挑剔。现在大中城市活动人口多，采购员、倒爷，吃了就走。馆子里不指望做回头生意，于是萝卜快了不洗泥，偷工减料，马马虎虎。近年来大餐馆的名厨都致力于"创新菜"。菜本来是应该不断创新的。我们现在不会回到把整牛放在毛公鼎里熬得稀烂的时代。看看《梦粱录》、《东京梦华录》，宋朝的菜的做法比现在似乎简单得多。但是创新要在色香味上下功夫，现在的创新菜却多在形上做文章。有一类菜叫做"工艺菜"。这本来是古已有之的。晋人雕卵而食，可以算是工艺菜。宋朝有一位厨娘能用菜肴在盘子里摆出"辋川小景"，这可真是工艺。不过就是雕卵、"辋川小景"，也没有多大意思。鸡蛋上雕有花,吃起来还不是鸡蛋的味道么?"辋川小景"没法吃。王维死后有知,一定会摇头:辋川怎么能吃呢?现在常见的工艺菜,是用鸡片、腰片、黄瓜、山楂糕、小樱桃、罐头豌豆……摆控出来的龙、凤、鹤,华而不实。用鸡茸捏出一个一个椭圆的球球,安上尾巴,是金鱼,实在叫人恶心。有的工艺菜在大盘子里装成一座架空的桥,真是匪夷所思。还有在工艺菜上装上彩色小灯泡的,闪闪烁烁,这简直是:胡闹!中国烹饪确是有些问题。如何继承和发扬传统,使中国的烹饪艺术走上一条健康的正路,需要造一点舆论。此亦弘扬民族文化之一端。而作家在这方面是可以尽一点力的:多写一点文章。看来《知味集》有出续集、三集的必要。然而有什么出版社会出呢?吁。

一九九〇年三月二十三日

食道旧寻

——《学人谈吃》序

《学人谈吃》,我觉得这个书名有点讽刺意味。学人是会吃,且善于谈吃的。中国的饮食艺术源远流长,千年不坠,和学人的著述是有关系的。现存的古典食谱,大都是学人的手笔。但是学人一般比较穷,他们爱谈吃,但是不大吃得起。

抗日战争以前,学人的生活相当优裕,大学教授一个月可以拿到三四百元,有的教授家里是有厨子的。抗战以后,学人生活一落千丈。我认识一些学人正是在抗战以后。我读的大学是西南联大,西南联大是名教授荟萃的学府。这些教授肚子里有学问,却少油水。昆明的一些名菜,如"培养正气"的汽锅鸡、东月楼的锅贴乌鱼、映时春的油淋鸡、新亚饭店的过油肘子、小西门马家牛肉馆的牛肉、甬道街的红烧鸡枞……能够偶尔一吃的，倒是一些"准学人"——学生或助教。这些准学人两肩担一口，无牵无挂，有一点钱——那时的大学生大都在校外兼职，教中学、当家庭教师、作会计……不时有微薄的薪水，多是三朋四友，一顿吃光。有一次有一个四川同学，家里给他寄了一件棉袄来，我们几个人和他一块到邮局去取。出了邮局，他把包裹拆了，把棉袄搭在胳膊上，站在文明街上，大声喊："谁要这件棉袍？"当场有人买了。我们几个人钻进一家小馆子，风卷残云，一会的功夫，就把这件里三新的棉袍吃掉。教授们有家，有妻儿老小，当然不能这样的放诞。有一位名教授，外号"二云居士"，谓其所嗜之物为云土与云腿，我想这不可靠。走进大西门外凤翥街的本地馆子里，一屁股坐下来，毫不犹豫地先叫一盘"金钱片腿"的，只有赶马的马锅头。教授只能看看。唐立厂（兰）先生爱吃干巴菌，这东西是不贵的，但必须有瘦肉、青辣椒同炒，而且过了雨季，鲜干巴菌就没有了，唐先生也不能老吃。沈从文先生经常在米线店就餐，巴金同志的《怀念从文》中提到："我还记得在昆明一家小饮食店里几次同他相遇，一两碗米线作为晚餐，有西红柿，还有鸡蛋，我们就满足了。"这家米线店在文林街他的宿舍对面，我就陪沈先生吃过多次米线。文林街上除了米线店，还有两家卖牛肉面的小馆子。西边那一家有一位常客，是吴雨僧（宓）先生。他几乎每天都来。老板和他很熟，也对他很尊敬。那时物价以惊人的速度飞涨，牛肉面也随时要涨价。每涨一次价，老板都得征求吴先生的同意。吴先生听了老板的陈述，认为有理，就用一张红纸，毛笔正楷，写一张新订的价目表，贴在墙上。穷虽穷，不废风雅。云南大学成立了一个曲社，定期举行"同期"。参加拍曲的有陶重华（光）、张宗和、孙凤竹、崔芝兰、沈有鼎、吴征镒诸先生，还有一位在民航公司供职的许茹香老先生。"同期"后多半要聚一次餐。所谓"聚餐"，是到翠湖边一家小铺去吃一顿馅儿饼，费用公摊。不到吃完，账已经算得一清二楚，谁该多少钱。掌柜的直纳闷，怎么算得这么快？他不知道算账的是许宝䮛先生。许先生是数论专家，这点小九九还在话下！许家是昆曲世家，他的曲子唱得细致规矩是不难理解的，从本书俞平伯先生文中，我才知道他的字也写得很好。昆明的学人清贫如此，重庆、成都的学人也好不到哪里去。我在观音寺一中学教书时，于金启华先生壁间见到胡小石先生写给他的一条字，是胡先生自作的有点打油味道的诗。全诗已忘，前面说广文先生如何如何，有一句我是一直记得的："斋钟顿顿牛皮菜"。牛皮菜即莙荙菜，茎叶可炒食或做汤，北方叫做"根头菜"，也还不太难吃，但是顿顿吃牛皮菜，是会叫人"嘴里淡出鸟来"的！

抗战胜利，大学复员。我曾在北大红楼寄住过半年，和学人时有接触，他们的生活比抗战时要好一些，但很少于吃喝上用心的。谭家菜近在咫尺，我没有听说有哪几位教授在谭家菜预定过一桌鱼翅席去解馋。北大附近只有松公府夹道拐角处有一家四川馆子，就是本书李一氓同志文中提到过许倩云、陈书舫曾照顾过的，屋小而菜精。李一氓同志说是这家的菜比成都还做得好，我无从比较。除了鱼香肉丝、炒回锅肉、豆瓣鱼……之外，我一直记得这家的泡菜特别好吃，——而且是不算钱的。掌柜的是个矮胖子，他的儿子也上灶。不知为了什么事，两父子后来闹翻了。常到这里来吃的，以助教、讲师为多，教授是很少来的。除了这家四川馆，红楼附近只有两家小饭铺，卖筋面炒饼，还有一种叫做"炒和菜戴帽"或"炒和菜盖被窝"的菜，——菠菜炒粉条，上面摊一层薄薄的鸡蛋盖住。从大学附近饭铺的菜蔬，可以大体测量出学人和准学人的生活水平。

教授、讲师、助教忽然阔了一个时期。国民党政府改革币制，从法币改为金元券，这一下等于增加薪水十倍。于是，我们几乎天天晚上到东安市场去吃。吃森隆、五芳斋的时候少，常吃的是"苏造肉"——猪肉及下水加沙仁、豆蔻等药料共煮一锅，吃客可以自选一两样，由大师傅夹出，剁块，和黄宗江在《美食随笔》里提到的言慧珠请他吃过的爆肚，和白汤杂碎。东安市场的爆肚真是一绝，脆，嫩，绝对干净，爆散丹、爆肚仁都好。白汤杂碎，汤是雪白的。可惜好景不长，阔也就是阔了一个月光景。金元券贬值，只能依旧回沙滩吃炒和菜。

教授很少下馆子。他们一般都在家里吃饭，偶尔约几个朋友小聚，也在家里。教授夫人大都会做菜。我的师娘，三姐张兆和是会做菜的。她做的八宝糯米鸭，酥烂入味，皮不破，肉不散，是个杰作。但是她平常做的只是家常炒菜。四姐张充和多才多艺，字写得极好，曲子唱得极好，——我们在昆明曲会学唱的《思凡》就是用的她的腔，曾听过她的《受吐》的唱片，真是细腻宛转；她善写散曲，也很会做菜。她做的菜我大都忘了，只记得她做的"十香菜"。"十香菜"，苏州人过年吃的常菜耳，只是用十种咸菜丝，分别炒出，置于一盘。但是充和所制，切得极细，精致绝伦，冷冻之后，于鱼肉饫饱之余上桌，拈箸入口，香留齿颊！

解放后我在北京市文联工作过几年。那时文联编着两个刊物：《北京文艺》和《说说唱唱》，每月有一点编辑费。编辑费都是吃掉。编委、编辑，分批开向饭馆。那两年，我们几乎把北京的有名的饭馆都吃遍了。预订包桌的时候很少，大都是临时点菜。"主点"的是老舍先生，执笔写菜单的是王亚平同志。有一次，菜点齐了，老舍先生又斟酌了一次，认为有一个菜不好，不要，亚平同志掏出笔来在这道菜四边画了一个方框，又加了一个螺旋形的小尾巴。服务员接过菜单，端详了一会，问："这是什么意思？"亚平真是个老编辑，他把校对符号用到菜单上来了！

老舍先生好客，他每年要把文联的干部约到家里去喝两次酒，一次是菊花开的时候，赏菊；一次是腊月二十三，他的生日。菜是地道老北京的味儿，很有特点。我记得很清楚的是芝麻酱炖黄花鱼，是一道汤菜。我以前没有吃过这个菜，以后也没有吃过。黄花鱼极新鲜，而且是一般大小，都是八寸。装这个菜得一个特制的器皿——瓷螣子，即周壁直上直下的那么一个家伙。这样黄花鱼才能一条一条顺顺溜溜平躺在汤里。若用通常的大海碗，鱼即会拗弯甚至断碎。老舍夫人胡絜青同志善做"芥末墩",我以为是天下第一。有一次老舍先生宴客的是两个盒子菜。盒子菜已经绝迹多年,不知他是从哪一家订来的。那种里面分隔的填雕的朱红大圆漆盒现在大概也找不到了。

学人中有不少是会自己做菜的。但都只能做一两只拿手小菜。学人中真正精于烹调的,据我所知,当推北京王世襄。世襄以此为一乐。据说有时朋友请他上家里做几个菜,主料、配料、酱油、黄酒……都是自己带去。听黄永玉说,有一次有几个朋友在一家会餐,规定每人备料去表演一个菜。王世襄来了,提了一捆葱。他做了一个菜:焖葱。结果把所有的菜全压下去了。此事不知是否可靠。如不可靠,当由黄永玉负责!

客人不多,时间充裕,材料凑手,做几个菜是很愉快的事。成天伏案,改换一下身体的姿势,也是好的,——做菜都是站着的。做菜,得自己去买菜。买菜也是构思的过程。得看菜市上有什么菜,捉摸一下,才能搭配出几个菜来。不可能在家里想做几个什么菜，菜市上准有。想炒一个雪里蕻冬笋，没有冬笋，菜架上却有新到的荷兰豆，只好"改戏"。买菜，也多少是运动。我是很爱逛菜市场的。到了一个新地方，有人爱逛百货公司，有人爱逛书店，我宁可去逛逛菜市。看看生鸡活鸭、鲜鱼水菜、碧绿的黄瓜、彤红的辣椒，热热闹闹、挨挨挤挤，让人感到一种生之乐趣。

学人所做的菜很难说有什么特点，但大都存本味，去增饰，不勾浓芡，少用明油，比较清淡，和馆子菜不同。北京菜有所谓"宫廷菜"（如仿膳）、"官府菜"（如谭家菜、"潘鱼"）。学人做的菜该叫个什么菜呢？叫做"学人菜"，不大好听，我想为之拟一名目，曰"名士菜"，不知王世襄等同志能同意否。

编者叫我为《学人谈吃》写一篇序，我不知说什么好，就东拉西扯地写了上面一些。

一九九〇年六月三十日

食豆饮水斋闲笔

豌　豆

在北市口卖熏烧炒货的摊子上，和我写的小说《异秉》里的王二的摊子上，都能买到炒豌豆和油炸豌豆。二十文（两枚当十的铜元）即可买一小包，洒一点盐，一路上吃着往家里走。到家门口，也就吃完了。

离我家不远的越塘旁边的空地上，经常有几副卖零吃的担子。卖化生糖的。大粒去皮的花生仁，炒熟仍是雪白的，平摊在抹了油的白石板上，冰糖熬好，均匀地浇在花生米上，候冷，铲起。这种花生糖晶亮透明，不用刀切，大片，放在玻璃匣里，要买，取出一片，现约，论价。冰糖极脆，花生很香。卖豆腐脑的，我们那里的豆腐脑不像北京浇口蘑渣羊肉卤，只倒一点酱油、醋、加一滴麻油——用一只一头缚着一枚制钱的筷子，在油壶里一蘸，滴在碗里，真正只有一滴。但是加很多样零碎佐料：小虾米、葱花、蒜泥、榨菜末、药芹末——我们那里没有旱芹，只有水芹即药芹，我很喜欢药芹的气味。我觉得这样的豆腐脑清清爽爽，比北京的勾芡的粘粘糊糊的羊肉卤的要好吃。卖糖豌豆粥的。香粳晚米和豌豆一同在铜锅中熬熟，盛出后加洋糖（绵白糖）一勺。夏日于柳阴下喝一碗，风味不恶。我离乡五十多年，至今还记得豌豆粥的香味。

北京以豌豆制成的食品，最有名的是"豌豆黄"。这东西其实制法很简单，豌豆熬烂，去皮，澄出细沙，加少量白糖，摊开压扁，切成5寸×3寸的长方块，再加刀割出四方小块，分而不离，以牙签扎取而食。据说这是"宫廷小吃"，过去是小饭铺里都卖的，很便宜，现在只仿膳这样的大餐馆里有了，而且卖得很贵。

夏天连阴雨天，则有卖煮豌豆的。整料的豌豆煮熟，加少量盐，搁两个大料瓣在浮头上，用豆绿茶碗量了卖。虎坊桥有一个傻子卖煮豌豆，给得多。虎坊桥一带流传一句歇后语："傻子的豌豆——多给"。北京别的地区没有这样的歇后语，想起煮豌豆，就会叫人想起北京夏天的雨。

早年前有磕豌豆木模子的。豌豆煮成泥，摁在雕成花样的模子里，磕出来，就成了一个一个小玩意儿，小猫、小狗、小兔、小猪。买的都是孩子，也玩了，也吃了。

以上说的是干豌豆。新豌豆都是当菜吃。烩豌豆是应时当令的新鲜菜。加一点火腿丁或鸡茸自然很好，就是素烩，也极鲜美。烩豌豆不宜久煮，久煮则汤色发灰，不透亮。

全国兴起了吃荷兰豌豆也就近几年的事。我吃过的荷兰豆以厦门为最好，宽大而嫩。厦门的汤米粉中都要加几片荷兰豆，可以解海鲜的腥味。北京吃的荷兰豆都是从南方运来的。我在厦门郊区的田里看到正在生长着的荷兰豆，搭小架，水红色的小花，嫩绿的叶子，嫣然可爱。

豌豆的嫩头，我的家乡叫豌豆头，但将"豌"字读成"安"。云南叫豌豆尖，四川叫豌豆颠。我的家乡一般都是油盐炒食。云南、四川加在汤面上面，叫做"飘"或"青"。不要加豌豆苗，叫"免飘"；"多青重红"则是多要豌豆苗和辣椒。吃毛肚火锅，在涮了各种荤料后，浓汤之中推进一大盘豌豆颠，美不可言。

豌豆可以入画。曾在山东看到钱舜举的册页，画的是豌豆，不能忘。钱舜举的画设色娇而不俗，用笔稍细而能潇洒，我很喜欢。见过一幅日本竹内栖凤的画，豌豆花，叶颜色较钱舜举尤为鲜丽，但不知道为什么在豌豆前面画了一条赭色的长蛇，非常逼真。是不是日本人觉得蛇也很美？

一九九二年五月七日

黄　豆

豆叶在古代是可以当菜吃的。吃法想必是做羹。后来就没有人吃了。没有听说过有人吃凉拌豆叶、炒豆叶、豆叶汤。

我们那里，夏天，家家都要吃几次炒毛豆，加青辣椒。中秋节煮毛豆供月，带壳煮。我父亲会做一种毛豆：毛豆剥出粒，与小青椒（不切）同煮，加酱油、糖，候豆熟收汤，摊在筛子里晾至半干，豆皮起皱，收入小坛。下酒甚妙，做一次可以吃几天。

北京的小酒馆里盐水煮毛豆，有的酒馆是整棵地煮的，不将豆荚剪下，酒客用手摘了吃，似比装了一盘吃起来更香。

香椿豆甚佳。香椿嫩头在开水中略烫，沥去水，碎切，加盐；毛豆加盐煮熟，与香椿同拌匀，候冷，贮之玻璃瓶中，隔日取食。

北京人吃炸酱面，讲究的要有十几种菜码，黄瓜丝、小萝卜、青蒜……还得有一撮毛豆或青豆。肉丁（不用副食店买的绞肉末）炸酱与青豆同嚼，相得益彰。

北京人炒麻豆腐要放几个青豆嘴儿——青豆发一点芽。

三十年前北京稻香村卖熏青豆，以佐茶甚佳。这种豆大概未必是熏的，只是加一点茴香，入轻盐煮后晾成的。皮亦微皱，不软不硬，有咬劲。现在没有了，想是因为费工而利薄，熏青豆是很便宜的。

江阴出粉盐豆。不知怎么能把黄豆发得那样大，长可半寸，盐炒，豆不收缩，皮色发白，极酥松，一嚼即成细粉，故名粉盐豆。味甚隽，远胜花生米。吃粉盐豆，喝白花酒，很相配。我那时还不怎么会喝酒，只是喝白开水。星期天，坐在自修室里，喝水，吃豆，读李清照、辛弃疾词，别是一番滋味。我在江阴南菁中学读过两年，星期天多半是这样消磨过去的。前年我到江阴寻梦，向老同学问起粉盐豆，说现在已经没有了。

稻香村、桂香村、全素斋等处过去都卖笋豆。黄豆、笋干切碎，加酱油、糖煮。现在不大见了。

三年自然灾害时，对十七级干部有一点照顾，每月发几斤黄豆、一斤白糖，叫做"糖豆干部"。我用煮笋豆法煮之，没有笋干，放一点口蘑。口蘑是我在张家口坝上自己采得晒干的。我做的口蘑豆自家吃，还送人。曾给黄永玉送去过。永玉的儿子黑蛮吃了，在日记里写道："黄豆是不好吃的东西，汪伯伯却能把它做得很好吃，汪伯伯很伟大！"

炒黄豆芽宜烹糖醋。

黄豆芽吊汤甚鲜。南方的素菜馆、供素斋的寺庙，都用豆芽汤取鲜。有一老饕在一个庙里吃了素斋，怀疑汤里放了虾子包，跑到厨房里去验看，只见一口大锅里熬着一锅黄豆芽和香菇蒂的汤。黄豆芽汤加酸雪里蕻，泡饭甚佳。此味北人不解也。

黄豆对中国人最大的贡献是能做豆腐及各种豆制品。如果没有豆腐，中国人的生活将会缺一大块，和尚、尼姑、素菜馆的大师傅就通通"没戏"了。素菜除了冬菇、口蘑、金针、木耳、冬笋、竹笋，主要是靠豆腐、豆制品。素这个，素那个，只是豆制品变出的花样而已。关于豆腐，应另写专文，此不及。

一九九二年五月十日

绿　豆

绿豆在粮食里是最重的。一麻袋绿豆二百七十斤，非壮劳力扛不起。

绿豆性凉，夏天喝绿豆汤、绿豆粥、绿豆水饭，可祛暑。

绿豆的最大用途是做粉丝。粉丝好像是中国的特产。外国名之曰玻璃面条。常见的粉丝的吃法是下在汤里。华侨很爱吃粉丝，大概这会引起他们的故国之思。每年国内要运销大量粉丝到东南亚各地，一律称为"龙口细粉"，华侨多称之为"山东粉"。我有个亲戚，是闽籍马来西亚归侨，我在她家吃饭,她在什么汤里都必放两样东西:粉丝和榨菜。苏南人爱吃"油豆腐线粉",是小吃,乃以粉丝及豆腐泡下在冬菇扁尖汤里。午饭已经消化完了,晚饭还不到时候,吃一碗油豆腐线粉,蛮好。北京的镇江馆子森隆以前有一道菜,银丝牛肉:粉丝温油炸脆,浇宽汁小炒牛肉丝,哧拉有声。不知这是不是镇江菜。做银丝牛肉的粉丝必须是纯绿豆的,否则易于焦糊。我曾在自己家里做过一次,粉丝大概掺了不知别的什么东西,炸后成了一团黑炭。"蚂蚁上树"原是四川菜,肉末炒粉丝。有一个剧团的伙食办得不好,演员意见很大。剧团的团长为了关心群众生活,深入到食堂去亲自考察,看到菜牌上写的菜名有"蚂蚁上树",说:"啊呀,伙食是有问题,蚂蚁怎么可以吃呢?"这样的人怎么可以当团长呢?

绿豆轧的面条叫"杂面"。《红楼梦》里尤三姐说:"咱们清水下杂面,你吃我看。"或说杂面要下羊肉汤里,清水下杂面是说没有吃头的。究竟这句话是什么意思,我还不太明白。不过杂面是要有点荤汤的,素汤杂面我还没有吃过。那么,吃长斋的人是不吃杂面的?

凉粉皮原来都是绿豆的,现在纯绿豆的很少,多是杂豆的。大块凉粉则是白薯粉的。

凉粉以川北凉粉为最好,是豌豆粉,颜色是黄的。川北凉粉放很多油辣椒,吃时嘴里要嘘嘘出气。

广东人爱吃绿豆沙。昆明正义路南头近金碧路处有一家广东人开的甜品店,卖绿豆沙、芝麻糊和番薯糖水。绿豆沙、芝麻糊都好吃,番薯糖水则没有多大意思。

绿豆糕以昆明的吉庆祥和苏州采芝斋最好,油重,且加了玫瑰花。北京的绿豆糕不加油,是干的,吃起来噎人。我有一阵生胆囊炎,不宜吃油,买了一盒回来,我的孙女很爱吃,一气吃了几块,我觉得不可理解。

一九九二年五月十一日

扁　豆

我们那一带的扁豆原来只有北京人所说的"宽扁豆"的那一种。郑板桥写过一副对联："一庭春雨瓢儿菜，满架秋风扁豆花"，指的当是这种扁豆。这副对子写的是尚可温饱的寒士家的景况，有钱的阔人家是不会在庭院里种菜种扁豆的。扁豆有紫花和白花的两种，紫花的较多，白花的少。郑板桥眼中的扁豆花大概是紫的。紫花扁豆结的豆角皮色亦微带紫，白花扁豆则是浅绿色的。吃起来味道都差不多。唯入药用，则必为"白扁豆"，两种扁豆药性可能不同。扁豆初秋即开花，旋即结角，可随时摘食。板桥所说"满架秋风"，给人的感觉是已是深秋了。画扁豆花的画家喜欢画一只纺织娘，这是一个季节的东西。暑尽天凉，月色如水，听纺织娘在扁豆架上沙沙地振羽，至有情味。北京有种红扁豆的，花是大红的，豆角则是深紫红的。这种红扁豆似没人吃，只供观赏。我觉得这种扁豆红得不正常，不如紫花、白花有韵致。

北京通常所说的扁豆，上海人叫四季豆。我的家乡原来没有，现在有种的了。北京的扁豆有几种，一般的就叫扁豆，有上架的，叫"架豆"。一种叫"棍儿扁豆"，豆角如小圆棍。"棍儿扁豆"字面自相矛盾，既似棍儿，不当叫扁。有一种豆角较宽而甚嫩的，叫"焖儿豆"，我想是"眉豆"的讹读。北京人吃扁豆无非是焯熟凉拌，炒，或焖。"焖扁豆面"挺不错。扁豆焖熟，加水，面条下在上面，面熟，将扁豆翻到上面来，再稍焖，即得。扁豆不管怎么做，总宜加蒜。

我在泰山顶上一个招待所里吃过一盘炒棍儿扁豆，非常嫩。平生所吃扁豆，此为第一。能在泰山顶上吃到，尤为难得。

一九九二年五月十二日

芸 豆

我在昆明吃了几年芸豆。西南联大的食堂里有几个常吃的菜：炒猪血（云南叫"旺子"），炒莲花白（即北京的圆白菜，上海的卷心菜、张家口的疙瘩白），灰色的魔芋豆腐……几乎每天都有的是煮芸豆。府甬道菜市上有卖芸豆的，盐煮，我们有时买了当零嘴吃，因为很便宜。芸豆有红的和白的两种，我们在昆明吃的是红的。

北京小饭铺里过去有芸豆粥卖，是白芸豆。芸豆粥粥汁甚粘，好像勾了芡。

芸豆卷和豌豆黄一样，也是"宫廷小吃"，白芸豆煮成沙，入糖，制为小卷。过去北海漪澜堂茶馆里有卖，现在不知还有没有。

在乌鲁木齐逛"巴扎"，见白芸豆极大，有大拇指头顶儿那样大，很想买一点，但是数千里外带一包芸豆回北京，有点"神经"，遂作罢。

一九九二年五月十二日

红小豆

红小豆上海叫赤豆：赤豆汤，赤豆棒冰。北京叫小豆：小豆粥，小豆冰棍。我的家乡叫红饭豆，因为可掺在米里蒸成饭。

红小豆最大的用途是做豆沙。北方的豆沙有不去皮的，只是小豆煮烂而已。豆包、炸糕的馅都是这样的粗制豆沙。水滤去皮，成为细沙，北方叫"澄沙"，南方叫"洗沙"。做月饼、甜包、汤圆，都离不开豆沙。豆沙最能吸油，故宜作馅。我们家大年初一早起吃汤圆，洗沙是年前就用大量的猪油拌了，每天在饭锅头上蒸一次，沙色紫得发黑，已经吸足了油。我们家的汤圆又很大，我只能吃两三个，因为一咬一嘴油。

四川菜有夹沙肉，乃以肥多瘦少的带皮臀肩肉整块煮至六七成熟，捞出，稍凉后，切成厚二三分的大片，两片之间肉皮不切通，中夹洗沙，上笼蒸扒。这道菜是放糖的，很甜。肥肉已经脱了油，吃起来不腻。但也不能多吃，我只能来两片。我的儿子会做夹沙肉，每次都很成功。

一九九二年五月十三日

豇 豆

我小时最讨厌豇豆，只有两层皮，味道寡淡。从来北京，岁数大了，觉得豇豆也还好吃。人的口味是可以变的，比如我小时不吃猪肺，觉得泡泡囊囊的，嚼起来很不舒服。老了，觉得肺头挺好吃，于老人牙齿甚相宜。

嫩豇豆切寸段，入开水锅焯熟，以轻盐稍腌，滗去盐水，以好酱油、镇江醋、姜、蒜末同伴，滴香油数滴，可以"渗"酒。炒食亦佳。

河北省酱菜中有酱豇豆，别处似没有。北京的六必居、天源，南方扬州酱菜中都没有。保定酱豇豆是整根酱的，甚脆嫩，而极咸。河北人口重，酱菜无不甚咸。

豇豆米老后，表皮光洁，淡绿中泛浅紫红晕斑，瓷器中有一种"豇豆红"就是这种颜色。曾见一更豆红小石榴瓶，莹润可爱。中国人很会为瓷器的釉色取名，如"老僧衣"、"芝麻酱"、"茶叶末"，都甚肖。

一九九二年五月十七日

蚕 豆

北京快有新蚕豆卖了。

我小时候吃蚕豆,就想过这个问题:为什么叫蚕豆?到了很大的岁数,才明白过来:因为这是养蚕的时候吃的豆。我家附近没有养蚕的,所以联想不起来。四川叫胡豆,我觉得没有道理。中国把从外国来的东西冠之以胡、番、洋,如番茄、洋葱。但是蚕豆似乎是中国本土上早就有的,何以也加一"胡"字?四川人也有写作"葫豆"的,也没有道理。葫是大蒜。这种豆和大蒜有什么关系?也许是因为这种豆结荚的时候也正是大蒜结球的时候?这似乎也是勉强。小时候读鲁迅的文章,提到罗汉豆,叫我好一阵猜,想象不出是怎样一种豆。后来才知道,嗐,就是蚕豆。鲁迅当然是知道全国大多数地方是叫蚕豆的,偏要这样写,想是因为这样写才有绍兴特点,才亲切。

蚕豆是很好吃的东西,可以当菜,也可以当零食。各种做法,都好吃。

我的家乡,嫩蚕豆连内皮炒。或加一点切碎的咸菜,尤妙。稍老一点,就剥去内皮炒豆瓣。有时在炒红苋菜时加几个绿蚕豆瓣,颜色既鲜明,也能提味。有一个女同志曾在我家乡的乡下落户,说房东给她们做饭时在鸡蛋汤里放一点蚕豆瓣,说是非常好吃。这是乡下做法,城里没有这么做的。蚕豆老了,就连皮煮熟,加点盐,可以下酒,也可以白嘴吃。有人家将煮熟的大粒蚕豆用线穿成一挂佛珠,给孩子挂在脖子上,一颗一颗地剥了吃,孩子没有不高兴的。

江南人吃蚕豆与我们乡下大体相似。上海一带的人把较老的蚕豆剥去内皮,香油炒成蚕豆泥,好吃。用以佐粥,尤佳。

四川、云南吃蚕豆和苏南、苏北人亦相似。云南季节似比江南略早。前年我随作家访问团到昆明,住翠湖宾馆。吃饭时让大家点菜。我点了一个炒豌豆米,一个炒青蚕豆,作家下箸后都说:"汪老真会点菜!"其时北方尚未见青蚕豆,故觉得新鲜。

北京人是不大懂吃新鲜蚕豆的。北京人爱吃扁豆、豇豆,而对蚕豆不赏识。因为北京人很少种蚕豆,蚕豆不能对北京人有鲁迅所说的"蛊惑"。北京的蚕豆是从南方运来的,卖蚕豆的也多是南方人。南豆北调,已失新鲜,但毕竟是蚕豆。

蚕豆到"落而为萁",晒干后即为老蚕豆。老蚕豆仍可做菜。老蚕豆浸水生芽,江南人谓之为"发牙豆",加盐及香料煮熟,是酒菜。我的家乡叫"烂蚕豆"。北京人加一个字,叫做"烂和蚕豆"。我在民间文艺研究会工作的时候,在演乐胡同上班,每天下班都见一个老人卖烂和蚕豆。这老人至少有七十大几了,头发和两腮的短髭都已经是雪白的了。他挎着一个腰圆的木盆,慢慢地从胡同这头到那头,哑声吆喝着:"烂和蚕豆……"后来老人不知得了什么病,头抬不起来,但还是折倒了颈子，埋着头，卖烂和蚕豆，只是不再吆喝了。又过些日子，老人不见了。我想是死了。不知道为什么，我每次吃烂和蚕豆，总会想起这位老人。我想的是什么呢：人的生活啊……

老蚕豆可炒食。一种是水泡后砂炒的，叫"酥蚕豆"。我的家乡叫"沙蚕豆"。一种是以干蚕豆入锅炒的，极硬，北京叫"铁蚕豆"。非极好牙口，是吃不了铁蚕豆的。北京有句歇后语："老太太吃铁蚕豆——闷了。"我想没有哪个老太太会吃铁蚕豆，一颗铁蚕豆闷软和了，得多长时间！我的老师沈从文先生在中老胡同住的时候，每天有一个骑着自行车卖铁蚕豆的从他的后墙窗外经过，吆喝"铁蚕豆"……这人是个中年汉子，是个出色的男高音，他的声音不但高、亮、打远，而且尾音带颤。其时沈先生正因为遭受迫害而精神紧张，我觉得这卖铁蚕豆的声音也会给他一种压力，因此我忘不了铁蚕豆。

蚕豆作零食，有：

入水稍泡，油炸。北京叫"开花豆"。我的家乡叫"兰花豆",因为炸之前在豆嘴上剁一刀,炸后豆瓣四裂,向外翻开,形似兰花。

上海老城隍庙奶油五香豆。

苏州有油酥豆板,乃以绿蚕豆瓣入油炸成。我记得从前的油酥豆板是洒盐的,后来吃的却是裹了糖的,没有加盐的好吃。

四川北碚的怪味胡豆味道真怪,酥、脆、咸、甜、麻、辣。

蚕豆可作调料。作川味菜离不开郫县豆瓣。我家里郫县豆瓣是周年不缺的。

北京就快有青蚕豆卖了,谷雨已经过了。

岁交春

今年春节大年初一立春,是"岁交春"。这是很难得的。语云:"千年难逢龙华会,万年难逢岁交春。"一万年,当然是不需要的,但总是很少见。我今年七十二岁了,好像头一回赶上。岁交春,是很吉利的,这一年会风调雨顺,那敢情好。

中国过去对立春是很重视的。"春打六九头",到了六九,不会再有很冷的天,是真正的春天了。"农人告余以春及,将有事于西畴",是准备春耕的时候了。这是个充满希望的节气。

宋朝的时候,立春前一天,地方官要备泥牛,送入宫内,让宫人用柳条鞭打,谓之"鞭春"。"打春"之说,盖始于宋。

我的家乡则在立春日有穷人制泥牛送到各家,

牛约五六寸至尺许大，涂了颜色。有的还有一个小泥人，是芒神，我的家乡不知道为什么叫他"奥芒子"。送到时，用唢呐吹短曲，供之神案上，可以得到一点赏钱，叫做"送春牛"。老年间的皇历上都印有"春牛图"，注明牛是什么颜色，芒神着什么颜色的衣裳。这些颜色不知是根据什么规定的。送春牛仪式并不隆重，但我很愿意站在旁边看，而且有一种说不出来的感动。

北方人立春要吃萝卜，谓之"咬春"。春而可咬，很有诗意。这天要吃生菜，多用新葱、青韭、蒜黄，叫做"五辛盘"。生菜是卷饼吃的。陈元靓《岁时广记》引《唐四时宝镜》："立春日，食芦菔、春饼、生菜，号'春盘'。"《北平风俗类征·岁时》："是月如遇立春，……富家食春饼。备酱熏及炉烧盐腌各肉，并各色炒菜，如菠菜、豆芽菜、干粉、鸡蛋等，而以面粉烙薄饼卷而食之，故又名薄饼。"

吃春饼不一定是北方人。据我所知，福建人也是爱吃的，办法和北京人也差不多。我在舒婷家就吃过。

就要立春了，而且是"岁交春"，我颇有点兴奋，这好像有点孩子气。原因就是那天可以吃春饼。作打油诗一首，以志兴奋：

> 不觉七旬过二矣，
> 何期幸遇岁交春。
> 鸡豚早办须兼味，
> 生菜偏宜簇五辛。
> 薄禄何如饼在手，
> 浮名得似酒盈樽？
> 寻常一饱增惭愧，
> 待看沿河柳色新。

一九九二年一月十五日

故乡的野菜

荠菜。荠菜是野菜,但在我的家乡却是可以上席的。我们那里,一般的酒席,开头都有八个凉碟,在客人入席前即已摆好。通常是火腿、变蛋(松花蛋)、风鸡、酱鸭、油爆虾(或呛虾)、蚶子(是从外面运来的,我们那里不产)、咸鸭蛋之类。若是春天,就会有两样应时凉拌小菜:杨花萝卜(即北京的小水萝卜)切细丝拌海蜇,和拌荠菜。荠菜焯过,碎切,和香干细丁同拌加姜米,浇以麻油酱醋,或用虾米,或不用,均可。这道菜常抟成宝塔形,临吃推倒,拌匀。拌荠菜总是受欢迎的,吃个新鲜。凡野菜,都有一种园种的蔬菜所缺少的清香。

荠菜大都是凉拌,炒荠菜很少人吃。荠菜可包春卷，包圆子（汤团）。江南人用荠菜包馄饨，称为菜肉馄饨，亦称"大馄饨"。我们那里没有用荠菜包馄饨的。我们那里的面店中所卖的馄饨都是纯肉馅的馄饨，即江南所说的"小馄饨"。没有"大馄饨"。我在北京的一家有名的家庭餐馆吃过这一家的一道名菜：翡翠蛋羹。一个汤碗里一边是蛋羹，一边是荠菜，一边嫩黄，一边碧绿，绝不混淆，吃时搅在一起。这种讲究的吃法，我们家乡没有。

枸杞头。春天的早晨，尤其是下了一场小雨之后，就可听到叫卖枸杞头的声音。卖枸杞头的多是附郭近村的女孩子，声音很脆，极能传远："卖枸杞头来！"枸杞头放在一个竹篮子里，一种长圆形的竹篮，叫做元宝篮子。枸杞头带着雨水，女孩子的声音也带着雨水。枸杞头不值什么钱，也从不用秤约，给几个钱，她们就能把整篮子倒给你。女孩子也不把这当做正经买卖，卖一点钱，够打一瓶梳头油就行了。

自己去摘，也不费事。一会儿工夫，就能摘一

故乡的野菜　173

堆。枸杞到处都是。我的小学的操场原是祭天地的空地，叫做"天地坛"。天地坛的四边围墙的墙根，长的都是这东西。枸杞夏天开小白花，秋天结很多小果子，即枸杞子，我们小时候叫它"狗奶子"，因为很像狗的奶子。

枸杞头也都是凉拌，清香似尤甚于荠菜。

蒌蒿。小说《大淖记事》："春初水暖，沙洲上冒出很多紫红色的芦芽和灰绿色的蒌蒿，很快就是一片翠绿了。"我在书页下面加了一条注："蒌蒿是生于水边的野草，粗如笔管，有节，生狭长的小叶，初生二寸来高，叫做'蒌蒿薹子'，加肉炒食极清香。……"蒌蒿，字典上都注"蒌"音楼，蒿之一种，即白蒿。我以为蒌蒿不是蒿之一种，蒌蒿掐断，没有那种蒿子气，倒是有一种水草气。苏东坡诗："蒌蒿满地芦芽短"，以蒌蒿与芦芽并举，证明是水边的植物，就是我的家乡所说"蒌蒿薹子"。"蒌"字我的家乡不读楼，读吕。蒌蒿好像都是和瘦猪肉同炒，素炒好像没有。我小时候非常爱吃炒蒌蒿薹子。桌上有一盘炒蒌蒿薹子，我就非常兴奋，胃口大开。荠菜薹子除了清香，还有就是很脆，嚼之有声。

荠菜、枸杞我在外地偶尔吃过，荠菜薹子自十九岁离乡后从未吃过，非常想念。去年我的家乡有人开了汽车到北京来办事，我的弟妹托他们带了一塑料袋荠菜薹子来，因为路上耽搁，到北京时已经焐坏了。我挑了一些还不及烂的，炒了一盘，还有那么一点意思。

马齿苋。中国古代吃马齿苋是很普遍的，马苋与人苋（即红白苋菜）并提。后来不知怎么吃的人少了。我的祖母每年夏天都要摘一些马齿苋，晾干了，过年包包子。我的家乡普通人家平常是不包包子的，只有过年才包，自己家里人吃，有客人来蒸一盘待客。不是家里人包的。一般的家庭妇女不会包，都是备了面、馅，请包子店里的师傅到家里做，做一上午，就够正月里吃了。我的祖母吃长斋，她的马齿苋包子只有她自己吃。我尝过一个，马齿苋有点酸酸的味道，不难吃，也不好吃。

马齿苋南北皆有。我在北京的甘家口住过，离玉渊潭很近,玉渊潭马齿苋极多。北京人叫做马苋儿菜,吃的人很少。养鸟的拔了喂画眉。据说画眉吃了能清火。画眉还会有"火"么?

莼菜。第一次喝莼菜汤是在杭州西湖的楼外楼,一九四八年四月。这以前我没有吃过莼菜,也没有见过。我的家乡人大都不知莼菜为何物。但是秦少游有《以莼姜法鱼糟蟹寄子瞻》诗,则高邮原来是有莼菜的。诗最后一句是"泽居备礼无麋鹿",秦少游当时盖在高邮居住,送给苏东坡的是高邮的土产。高邮现在还有没有莼菜,什么时候回高邮,我得调查调查。

明朝的时候,我的家乡出过一个散曲作家王磐。王磐字鸿渐,号西楼,散曲作品有《西楼乐府》。王磐当时名声很大,与散曲大家陈大声并称为"南曲之冠"。王西楼还是画家。高邮现在还有一句歇后语:"王西楼嫁女儿——画(话)多银子少"。王西楼有一本有点特别的著作:《野菜谱》。《野菜谱》收野菜五十二种。五十二种中有些我是认识的,如白鼓钉(蒲公英)、蒲儿根、马栏头、青蒿儿（即茵陈蒿）、枸杞头、野菉豆、蒌蒿、荠菜儿、马齿苋、灰条。江南人重马栏头。小时读周作人的《故乡的野菜》，提到儿歌："荠菜马栏头，姐姐嫁在后门头"，很是向往，但是我的家乡是不大有人吃的。灰条的"条"字，正字应是"藋"，通称灰菜。这东西我的家乡不吃。我第一次吃灰菜是在一个山东同学的家里，蘸了稀面，蒸熟，就烂蒜，别具滋味。后来在昆明黄土坡一中学教书，学校发不出薪水，我们时常断炊，就掳了灰菜来炒了吃。在北京我也摘过灰菜炒食。有一次发现钓鱼台国宾馆的墙外长了很多灰菜，极肥嫩，就弯下腰来摘了好些，装在书包里。门卫发现，走过来问："你干什么？"他大概以为我在埋定时炸弹。我把书包里的灰菜抓出来给他看，他没有再说什么，走开了。灰菜有点碱味，我很喜欢这种味道。王西楼《野菜谱》中有一些，我不但没有吃过，见过，连听都没听说过，如："燕子不来香"、"油灼灼"……

《野菜谱》上图下文。图画的是这种野菜的样子，文则简单地说这种野菜的生长季节，吃法。文

后皆系以一诗,一首近似谣曲的小乐府,都是借题发挥,以野菜名起兴,写人民疾苦。如:

眼子菜

眼子菜,如张目,年年盼春怀布谷,犹向秋来望时熟。何事频年倦不开,愁看四野波漂屋。

猫耳朵

猫耳朵,听我歌,今年水患伤田禾,仓廪空虚鼠弃窝,猫兮猫兮将奈何!

江 荠

江荠青青江水绿,江边挑菜女儿哭。爷娘新死兄趁熟,止存我与妹看屋。

抱娘蒿

抱娘蒿,结根牢,解不散,如漆胶。君不见昨朝儿卖客船上,儿抱娘哭不肯放。

这些诗的感情都很真挚,读之令人酸鼻。我的家乡本是个穷地方,灾荒很多,主要是水灾,家破人亡，卖儿卖女的事是常有的。我小时就见过。现在水利大有改进，去年那样的特大洪水，也没死一个人，王西楼所写的悲惨景象不复存在了。想到这一点，我为我的家乡感到欣慰。过去，我的家乡人吃野菜主要是为了度荒，现在吃野菜则是为了尝新了。喔，我的家乡的野菜！

一九九二年四月十四日

豆　腐

豆腐点得比较老的，为北豆腐。听说张家口地区有一个堡里的豆腐能用秤钩钩起来，扛着秤杆走几十里路。这是豆腐么？点的较嫩的是南豆腐。再嫩即为豆腐脑。比豆腐脑稍老一点的，有北京的"老豆腐"和四川的豆花。比豆腐脑更嫩的是湖南的水豆腐。

豆腐压紧成型，是豆腐干。

卷在白布层中压成大张的薄片，是豆腐片。东北叫干豆腐。压得紧而且更薄的，南方叫百页或千张。

豆浆锅的表面凝结的一层薄皮撩起晾干，叫豆腐皮，或叫油皮。我的家乡则简单地叫做皮子。

豆腐最简便的吃法是拌。买回来就能拌。或入开水锅略烫，去豆腥气。不可久烫，久烫则豆腐收缩发硬。香椿拌豆腐是拌豆腐里的上上品。嫩香椿头，芽叶未舒，颜色紫赤，嗅之香气扑鼻，入开水稍烫，梗叶转为碧绿，捞出，揉以细盐，候冷，切为碎末，与豆腐同拌（以南豆腐为佳），下香油数滴。一箸入口，三春不忘。香椿头只卖得数日，过此则叶绿梗硬，香气大减。其次是小葱拌豆腐。北京有歇后语："小葱拌豆腐——一青二白"，可见这是北京人家家都吃的小菜。拌豆腐特宜小葱，小葱嫩，香。葱粗如指，以拌豆腐，滋味即减。我和林斤澜在武夷山，住一招待所。斤澜爱吃拌豆腐，招待所每餐皆上拌豆腐一大盘，但与豆腐同拌的是青蒜。青蒜炒回锅肉甚佳，以拌豆腐，配搭不当。北京人有用韭菜花、青椒糊拌豆腐的，这是侉吃法，南方人不敢领教。而南方人吃的松花蛋拌豆腐，北方人也觉得岂有此理。这是一道上海菜，我第一次吃到却是在香港的一家上海饭馆里，是吃阳澄湖大闸蟹之前的一道凉菜。北豆腐、松花蛋切成小骰子块，同拌，无姜汁蒜泥，只少放一点盐而已。好吃么？用上海话说：蛮崭格！用北方话说：旱香瓜——另一个味儿。咸鸭蛋拌豆腐也是南方菜，但必须用敝乡所产"高邮咸蛋"。高邮咸蛋蛋黄色如硃砂，多油，和豆腐拌在一起，红白相间，只是颜色即可使人胃口大开。别处的咸鸭蛋。尤其是北方的，蛋黄色浅，又无油，却不中吃。

烧豆腐大体可分为两大类：用油煎过再加料烧的；不过油煎的。

北豆腐切成厚二分的长方块，热锅温油两面煎。油不必多，因豆腐不吃油。最好用平底锅煎。不要煎得太老，稍结薄壳，表面发皱，即可铲出，是名"虎皮"。用已备好的肥瘦各半熟猪肉，切大片，下锅略煸，加葱、姜、蒜、酱油、绵白糖，兑入原猪肉汤，将豆腐推入，加盖猛火煮二三开，即放小火咕嘟。约十五分钟，收汤，即可装盘。这就是"虎皮豆腐"。如加冬菇、虾米、辣椒及豆豉即是"家乡豆腐"。或加菌油，即是湖南有名的"菌油豆腐"——菌油豆腐也有不用油煎的。

"文思和尚豆腐"是清代扬州有名的素菜，好几本菜谱著录，但我在扬州一带的寺庙和素菜馆的菜单上都没有见到过。不知道文思和尚豆腐是过油煎了的，还是不过油煎的。我无端地觉得是油煎了的，而且无端地觉得是用黄豆芽吊汤，加了上好的口蘑或香蕈、竹笋，用极好秋油，文火熬成。什么时候材料凑手，我将根据想象，试做一次文思和尚豆腐。我的文思和尚豆腐将是素菜荤做，放猪油，放虾籽。

虎皮豆腐切大片，不过油煎的烧豆腐则宜切块，六七分见方。北方小饭铺里肉末烧豆腐，是常备菜。肉末烧豆腐亦称家常豆腐。烧豆腐里的翘楚，是麻婆豆腐。相传有陈婆婆，脸上有几粒麻子，在乡场上摆一个饭摊，挑油的脚夫路过，常到她的饭摊上吃饭，陈婆婆把油桶底下剩的油刮下来，给他们烧豆腐。后来大人先生也特意来吃她烧的豆腐。于是麻婆豆腐名闻遐迩。陈婆婆是个值得纪念的人物，中国烹饪史上应为她大书一笔，因为麻婆豆腐确实很好吃。做麻婆豆腐的要领是：一要油多。二要用牛肉末。我曾做过多次麻婆豆腐，都不是那个味儿，后来才知道我用的是瘦猪肉末。牛肉末不能用猪肉末代替。三是要用郫县豆瓣。豆瓣须剁碎。四是要用文火，俟汤汁渐渐收入豆腐，才起锅。五是起锅时要洒一层川花椒末。一定得用川花椒，即名为"大红袍"者。用山西、河北花椒，味道即差。六是盛出就吃。如果正在喝酒说话，应该把说话的嘴腾出来。麻婆豆腐必须是：麻、辣、烫。

昆明最便宜的小饭铺里有小炒豆腐。猪肉末，肥瘦，豆腐捏碎，同炒，加酱油，起锅时下葱花。这道菜便宜，实惠，好吃。不加酱油而用盐，与番茄同炒，即为番茄炒豆腐。番茄须烫过，撕去皮，炒至成酱，番茄汁渗入豆腐，乃佳。

砂锅豆腐须有好汤，骨头汤或肉汤，小火炖，至豆腐起蜂窝，方好。砂锅鱼头豆腐，用花鲢（即胖头鱼）头，劈为两半，下冬菇、扁尖（腌青笋）、海米，汤清而味厚，非海参鱼翅可及。

"汪豆腐"好像是我的家乡菜。豆腐切成指甲盖大的小薄片，推入虾子酱油汤中，滚几开，勾薄芡，盛大碗中，浇一勺熟猪油，即得。叫做"汪豆腐"，大概因为上面泛着一层油。用勺舀了吃。吃时要小心，不能性急，因为很烫。滚开的豆腐，上面又是滚开的油，吃急了会烫坏舌头。我的家乡人喜欢吃烫的东西，语云："一烫抵三鲜"。乡下人家来了客，大都做一个汪豆腐应急。周巷汪豆腐很有名。我没有到过周巷，周巷汪豆腐好，我想无非是虾子多，油多。近年高邮新出一道名菜：雪花豆腐，用盐，不用酱油。我想给家乡的厨师出个主意：加入蟹白（雄蟹白的油即蟹的精子），这样雪花豆腐就更名贵了。

不知道为什么，北京的老豆腐现在见不着了，过去卖老豆腐的摊子是很多的。老豆腐其实并不老，老，也许是和豆腐脑相对而言。老豆腐的佐料很简单：芝麻酱、腌韭菜末。爱吃辣的浇一勺青椒糊。坐在街边摊头的矮脚长凳上，要一碗老豆腐，就半斤旋烙的大饼，夹一个薄脆，是一顿好饭。

四川的豆花是很妙的东西，我和几个作家到四川旅游，在乐山吃饭。几位作家都去了大馆子，我和林斤澜钻进一家只有穿草鞋的乡下人光顾的小店，一人要了一碗豆花。豆花只是一碗白汤，啥都没有。豆花用筷子夹出来，蘸"味碟"里的作料吃。味碟里主要是豆瓣。我和斤澜各吃了一碗热腾腾的白米饭，很美。豆花汤里或加切碎的青菜，则为"菜豆花"。北京的豆花庄的豆花乃以鸡汤煨成，过于讲究，不如乡坝头的豆花存其本味。

北京的豆腐脑过去浇羊肉口蘑渣熬成的卤。羊肉是好羊肉，口蘑渣是碎黑片蘑，还要加一勺蒜泥水。现在的卤，羊肉极少，不放口蘑，只是一锅稠糊糊的酱油黏汁而已。即便是过去浇卤的豆腐脑，我觉得也不如我们家乡的豆腐脑。我们那里的豆腐脑温在紫铜扁钵的锅里，用紫铜平勺盛在碗里，加秋油、滴醋、一点点麻油，小虾米、榨菜末、芹菜（药芹即水芹菜）末。清清爽爽，而多滋味。

中国豆腐的做法多矣，不胜记载。四川作家高缨请我们在乐山的山上吃过一次豆腐宴，豆腐十好几样，风味各别，不相雷同。特别是豆腐的质量极好。掌勺的老师傅从磨豆腐到烹制，都是亲自为之，绝不假手旁人。这一顿豆腐宴可称寰中一绝！

豆腐干南北皆有。北京的豆腐干比较有特点的是薰干。薰干切长片拌芹菜，很好。薰干的烟薰味和芹菜的芹菜香相得益彰。花干、苏州干是从南边传过来的，北京原先没有。北京的苏州干只是用味精取鲜，苏州的小豆腐干是用酱油、糖、冬菇汤煮出后晾得半干的，味长而耐嚼。从苏州上车，买两包小豆腐干，可以一直嚼到郑州。香干亦称茶干。我在小说《茶干》中有较细的描述：

……豆腐出净渣，装在一个小蒲包里，包口扎紧，入锅，码好，投料，加上好抽油，上面用石头压实，文火煨煮，要煮很长时间。煮得了，再一块一块从蒲包里倒出来，这种茶干是圆形的，周围较厚、中间较薄，周身有蒲包压出来的细纹，……这种茶干外皮是深紫色的，掰了，里面是浅褐色的。很结实，嚼起来很有咬劲，越嚼越香，是佐茶的妙品，所以，叫做"茶干"。

豆腐

茶干原出界首镇，故称"界首茶干"。据说乾隆南巡，过界首，曾经品尝过。

干丝是淮扬名菜。大方豆腐干，快刀横披为片，刀工好的师傅一块豆腐干能片十六片；再立刀切为细丝。这种豆腐干是特制的，极坚致，切丝不断，又绵软，易吸汤汁。旧本只有拌干丝。干丝入开水略煮，捞出后装高足浅碗，浇麻酱油醋。青蒜切寸段，略焯，五香花生米搓去皮，同拌，尤妙。煮干丝的兴起也就是五六十年的事。干丝母鸡汤煮，加开阳（大虾米），火腿丝。我很留恋拌干丝，因为味道清爽，现在只能吃到煮干丝了。干丝本不是"菜"，只是吃包子烧麦的茶馆里，在上点心之前喝茶时的闲食。现在则是全国各地淮扬菜系的饭馆里都预备了。我在北京常做煮干丝，成了我们家的保留节目。北京很少遇到大白豆腐干，只能用豆腐片或百页切丝代替。口感稍差，味道却不逊色，因为我的煮干丝里下了干贝。煮干丝没有什么诀窍，什么鲜东西都可往里搁。干丝上桌前要放细切的姜丝，要嫩姜。

臭豆腐是中国人的一大发明。我在上海、武汉都吃过。长沙火宫殿的臭豆腐毛泽东年轻时常去吃。后来回长沙，又特意去吃了一次，说了一句话："火宫殿的臭豆腐还是好吃。"这就成了"最高指示"，写在照壁上。火宫殿的臭豆腐遂成全国第一。油炸臭豆腐干，宜放辣椒酱、青蒜。南京夫子庙的臭豆腐干是小方块，用竹签像冰糖葫芦似的串起来卖，一串八块。昆明的臭豆腐不用油炸，在炭火盆上搁一个铁箅子，臭豆腐干放在上面烤焦，别有风味。

在安徽屯溪吃过霉豆腐，长条豆腐，长了二寸长的白色的绒毛，在平底锅中煎熟，蘸酱油辣椒青蒜吃。凡到屯溪者，都要去尝尝。

豆腐乳各地都有。我在江西进贤参加土改，那里的农民家家都做腐乳。进贤原来很穷，没有什么菜吃，顿顿都用豆腐乳下饭。做豆腐乳，放大量辣椒面，还放柚子皮，味道非常强烈，广西桂林、四川忠县、云南路南所出豆腐乳都很有名，各有特点。腐乳肉是苏州松鹤楼的名菜，肉味浓醇，入口即化。

广东点心很多都放豆腐乳，叫做"南乳××饼"。

南方人爱吃百页。百页结烧肉是宁波、上海人家常吃的菜。上海老城隍庙的小吃店里卖百页结：百页包一点肉馅，打成结，煮在汤里，要吃，随时盛一碗。一碗也就是四五只百页结。北方的百页缺韧性，打不成结，一打结就断。百页可入臭卤中腌臭，谓之"臭千张"。

杭州知味观有一道名菜：炸响铃。豆腐皮（如过干，要少润一点水），瘦肉剁成细馅，加葱花细姜末，入盐，把肉馅包在豆腐皮内，成一卷，用刀剁成寸许长的小段，下油锅炸得馅熟皮酥，即可捞出。油温不可太高，太高豆皮易糊。这菜嚼起来发脆响，形略似铃，故名响铃。做法其实并不复杂。肉剁极碎，成泥状（最好用刀背剁），平摊在豆腐皮上，折叠起来，如小钱包大，入油炸，亦佳。不入油炸，而以酱油冬菇汤煮，豆皮层中有汁，甚美。北京东安市场拐角处解放前有一家肉店宝华春，兼卖南味熟肉，卖一种酒菜：豆腐皮切细条，在酱肉汤中煮透，捞出，晾至微干，很好吃，不贵。现在宝华春已经没有了。豆腐皮可做汤。炖酥腰（猪腰炖汤）里放一点豆腐皮，则汤色雪白。

一九九二年六月二十五日

鱼我所欲也

石　斑

我第一次吃石斑鱼是一九四七年,在越南海防一家华侨开的饭馆里。那吃法很别致。一条很大的石斑,红烧,同时上一大盘生的薄荷叶。我仿照邻座人的办法,吃一口石斑鱼,嚼几片薄荷叶。这薄荷可把口中残余的鱼味去掉,再吃第二口,则鱼味常新。这种吃法,国内似没有。越南人爱吃薄荷,华侨饭馆这样的搭配,盖受越南人之影响。

石斑鱼有红斑,青斑——即灰鼠斑。灰鼠斑尤为名贵,清蒸最好。

鳜　鱼

可以和石斑相媲美的淡水鱼，其谓鳜鱼乎？张志和《渔父》词："西塞山前白鹭飞，桃花流水鳜鱼肥"，一经品题，身价十倍。我的家乡是水乡，产鱼，而以"鳊、白、鯚"为三大鱼名："鯚是鯚花鱼，即鳜鱼。徐文长以为'鯚'字应作'罽罽'。是古代的花毯。鯚花鱼身上有黄黑的斑点，似'罽'。但'罽'字今人多不识，如果饭馆的菜单上出现这个字，顾客将不知道这是什么东西。鳜鱼肉细，是蒜瓣肉，刺少，清蒸、氽汤、红烧、糖醋皆宜。苏南饭馆做"松鼠鳜鱼"，甚佳。

一九三八年，我在淮安吃过干炸鯚花鱼。活鳜鱼，重三斤，加花刀，在大油锅中炸熟，外皮酥脆，鱼肉白嫩，蘸花椒盐吃，极妙。和我一同吃的有小叔父汪兰生、表弟董受申。汪兰生、董受申都去世多年了。

鱼我所欲也

鲥鱼·刀鱼·鮰鱼

这都是江鱼。

鲥鱼现在卖到两百多块钱一斤,成了走后门送礼的东西,"吃的人不买,买的人不吃"。

刀鱼极鲜、肉极细,但多刺。金圣叹尝以为刀鱼刺多是人生恨事之一。不会吃刀鱼的人是很容易卡到嗓子的。镇江人以刀鱼煮至稀烂,用纱布滤去细刺,以做汤,下面,即谓"刀鱼面",很美。

我在江阴读南菁中学时,常常吃到鮰鱼,学校食堂里常做这东西。在江阴是很便宜的。鮰鱼本名鮠鱼,但今人只叫它鮰鱼。鮰鱼大概也能红烧。但我在中学时吃的鮰鱼都是白烧。后来在汉口的璇宫饭店吃的,也是白烧。鮰鱼肉厚,切块放在碗里,没有吃过的人会以为这是鸡块。鮰鱼几乎无刺,大块入口,吃起来很过瘾,宜于馋而懒的人。或说鮰鱼是吃死人的。江里哪有那么多的死人?!鮰鱼吃鱼,是确实的。凡吃鱼的鱼都好吃，鳜鱼也是吃鱼的。养鱼的池塘里是不能有鳜鱼的，见鳜鱼，即捕去。

黄河鲤鱼

我不爱吃鲤鱼，因为肉粗，且有土腥气，但黄河鲤鱼除外。在河南开封吃过黄河鲤鱼，后来在山东水泊梁山下吃过黄河鲤鱼，名不虚传。辨黄河鲤与非黄河鲤，只须看鲤鱼剖开后内膜是白的还是黑的。白色者是真黄河鲤，黑色者是假货。梁山一带人对鲤鱼很重视，酒席上必须有鲤鱼，"无鱼不成席"。婚宴尤不可少。梁山一带人对即将结婚的青年男女，不说是"等着吃你的喜酒"，而说"等着吃你的鱼！"鲤鱼要吃三斤左右的，价也最贵。《水浒传·吴学究说三阮撞筹》中吴用说他"在一个大财主家做门馆教学，今来要对付十数尾金色鲤鱼，要重十四五斤的"。鲤鱼大到十四五斤，不好吃了，写《水浒》的施耐庵、罗贯中对吃鲤鱼外行。

虎头鲨和㦻嗤鱼

虎头鲨和㦻嗤鱼原来都是贱鱼,在我的家乡是上不得席的,现在都变得名贵了。

苏州人特重塘鳢鱼,谈起来眉飞色舞。我到苏州一看:嘻,原来就是我们那里的虎头鲨。虎头鲨头大而硬,鳞色微紫,有小黑斑,样子很凶恶,而肉极嫩。我们家乡一般用来氽汤,汤里加醋。㦻嗤鱼阔嘴有须,背黄腹白,无背鳍,背上有一根硬骨,捏住硬骨,它会"㦻嗤㦻嗤"地叫。过去也是氽汤、不放醋,汤白如牛乳。近年家乡兴起炒㦻嗤鱼片,谓之"炒金银片",亦佳。

鳝　鱼

淮安人能做全鳝席,一桌子菜,全是鳝鱼。除了烤鳝背、炝虎尾等等名堂,主要的做法一是炒,二是烧。鳝鱼烫熟切丝再炒,叫做"软兜";生炒叫炒脆鳝。红烧鳝段叫"火烧马鞍桥",更粗的鳝段叫"闷张飞"。制鳝鱼都要下大量姜蒜,上桌后撒胡椒,不厌其多。

一九九二年九月十四日

肉食者不鄙

狮子头

狮子头是淮安菜。猪肉肥瘦各半,爱吃肥的亦可肥七瘦三,要"细切粗斩",如石榴米大小(绞肉机绞的肉末不行),荸荠切碎,与肉末同拌,用手传成招柑大的球,入油锅略炸,至外结薄壳,捞出,放进水锅中,加酱油、糖,慢火煮,煮至透味,收汤放入深腹大盘。

狮子头松而不散,入口即化,北方的"四喜丸子"不能与之相比。

周总理在淮安住过,会做狮子头,曾在重庆红岩八路军办事处做过一次,说:"多年不做了,来来来，尝尝！"想必做得很成功，因为语气中流露出得意。

我在淮安中学读过一个学期，食堂里有一次做狮子头，一大锅油，狮子头像炸麻团似的在油里翻滚，捞出，放在碗里上笼蒸，下衬白菜。一般狮子头多是红烧，食堂所做却是白汤，我觉最能存其本味。

镇江肴蹄

镇江肴蹄，盐渍，加硝，放大盆中，以巨大石块压之，至肥瘦肉都已板实，取出，煮熟，晾去水气，切厚片，装盘。瘦肉颜色殷红，肥肉白如羊脂玉，入口不腻。

吃肴肉，要蘸镇江醋，加嫩姜丝。

乳腐肉

乳腐肉是苏州松鹤楼的名菜，制法未详。我所做乳腐肉乃以意为之。猪肋肉一块，煮至六七成熟，捞出，俟冷，切大片，每片须带肉皮，肥瘦肉，用煮肉原汤入锅，红乳腐碾烂，加冰糖、黄酒，小火焖。乳腐肉嫩如豆腐，颜色红亮，下饭最宜。汤汁可蘸银丝卷。

腌笃鲜

上海菜。鲜肉和咸肉同炖，加扁尖笋。

东坡肉

浙江杭州、四川眉山，全国到处都有东坡肉。

苏东坡爱吃猪肉,见于诗文。东坡肉其实就是红烧肉,功夫全在火候。先用猛火攻,大滚几开,即加作料,用微火慢炖,汤汁略起小泡即可。东坡论煮肉法,云须忌水,不得已时可以浓茶烈酒代之。完全不加水是不行的,会焦糊粘锅,但水不能多。要加大量黄酒。扬州炖肉,还要加一点高粱酒。加浓茶,我试过,也吃不出有什么特殊的味道。

传东坡有一首诗:"无竹令人俗,无肉令人瘦,若要不俗与不瘦,除非天天笋烧肉"。未必可靠,但苏东坡有时是会写这种张打油体的诗的。冬笋烧肉,是很好吃。我的大姑妈善做这道菜,我每次到姑妈家,她都做。

霉干菜烧肉

这是绍兴菜,全国各处皆有,但不似绍兴人三天两头就要吃一次,鲁迅一辈子大概都离不开霉干菜。《风波》里所写的蒸得乌黑的霉干菜很诱人,那大概是不放肉的。

黄鱼鲞烧肉

宁波人爱吃黄鱼鲞（黄鱼干）烧肉，广东人爱吃咸鱼烧肉，这都是外地人所不能理解的口味，其实这种搭配是很有道理的。近几年因为违法乱捕，黄鱼产量锐减，连新鲜黄鱼都很难吃到，更不用说黄鱼鲞了。

火　腿

浙江金华火腿和云南宣威火腿风格不同。金华火腿味清，宣威火腿味重。

昆明过去火腿很多，哪一家饭铺里都能吃到火腿。昆明人爱吃肘棒的部位，横切成圆片，外裹一层薄皮，里面一圈肥肉，当中是瘦肉，叫做"金钱片腿"。正义路有一家火腿庄，专卖火腿，除了整只的、零切的火腿，还可以买到火腿脚爪，火腿油。火腿油炖豆腐很好吃。护国路原来有一家本地馆子，叫"东月楼"，有一道名菜"锅贴乌鱼"，乃以乌鱼片两片，中夹火腿一片，在平底铛上烙熟，味道之鲜美，难以形容。前年我到昆明去，向本地人问起东月楼，说是早就没有了，"锅贴乌鱼"遂成《广陵散》。

华山南路吉庆祥的火腿月饼，全国第一。一个重旧秤四两，名曰"四两砣"。吉庆祥还在，而且有了分号，所制四两陀不减当年。

腊　肉

湖南人爱吃腊肉。农村人家杀了猪，大部分都腌了，挂在厨灶房梁上，烟熏成腊肉。我不怎样爱吃腊肉，有一次在长沙一家大饭店吃了一回蒸腊肉，这盘腊肉真叫好。通常的腊肉是条状，切片不成形，这盘腊肉却是切成颇大的整齐的方片，而且蒸得极烂，我没有想到腊肉能蒸得这样烂！入口香糯，真是难得。

夹沙肉·芋泥肉

夹沙肉和芋泥肉都是甜的，夹沙肉是川菜，芋泥肉是广西菜。厚膘豚肩肉，煮半熟，捞出，沥去汤，过油灼肉皮起泡，候冷，切大片，两片之间不切通，夹入豆沙，装碗笼蒸，蒸至四川人所说"粑而不烂"倒扣在盘里，上桌，是为夹沙肉。芋泥肉做法与夹沙肉相似，芋泥较豆沙尤为细腻，且有芋香，味较夹沙肉更胜一筹。

白肉火锅

白肉火锅是东北菜。其特点是肉片极薄，是把大块肉冻实了，用刨子刨出来的，故入锅一涮就熟，很嫩。白肉火锅用海蛎子（蚝）作锅底，加酸菜。

烤乳猪

烤乳猪原来各地都有，清代满汉餐席上必有这道菜，后来别处渐渐没有，只有广东一直盛行，大饭店或烧腊摊上的烤乳猪都很好。烤乳猪如果抹一点甜面酱卷薄饼吃，一定不亚于北京烤鸭。可惜广东人不大懂得吃饼，一般烤乳猪只作为冷盘。

一九九二年九月九日

干　丝

南京、镇江、扬州、高邮、淮安都有干丝。发源地我想是扬州。这是淮扬菜系的代表作之一，很多菜谱都著录。但其实这不是"菜"。干丝不是下饭的，是佐茶的。

扬州一带人有吃早茶的习惯。人说扬州人"早上皮包水，晚上水包皮"。"水包皮"是洗澡，"皮包水"是喝茶。"扬八属"各县都有许多茶馆。上茶馆不只是喝茶，是要吃包子点心。这有点像广东的"饮茶"。不过广东的茶楼是由服务员（过去叫"伙计"）推着小车，内置包点，由茶客手指索要，扬州的茶馆是由客人一次点齐，陆续搬上。包点是现做现蒸，总是等一些时候，一般上茶馆的大都要一个干丝。一边喝茶，吃干丝，既消磨时间，也调动胃口。

一种特制的豆腐干,较大而方,用薄刃快刀片成薄片,再切为细丝,这便是干丝。讲究一块豆腐干要片十六片,切丝细如马尾,一根不断。最初似只有烫干丝。干丝在开水锅中烫后,滗去水,在碗里堆成宝塔状,浇以麻油、好酱油、醋,即可下箸。过去盛干丝的碗是特制的,白地青花,碗足稍高,碗腹较深,敞口,这样拌起干丝来好拌。现在则是一只普通的大碗了。我父亲常带了一包五香花生米,搓去外皮,携青蒜一把,嘱堂倌切寸段,稍烫一烫,与干丝同拌,别有滋味。这大概是他的发明。干丝喷香,茶泡两开正好,吃一箸干丝,喝半杯茶,很美!扬州人喝茶爱喝"双拼",倾龙井、香片各一包,入壶同泡,殊不足取。总算还好,没有把乌龙茶和龙井搀和在一起。

煮干丝不知起于何时,用小虾米吊汤,投干丝入锅,下火腿丝、鸡丝,煮至入味,即可上桌。不嫌夺味,亦可加冬菇丝。有冬笋的季节,可加冬笋丝。总之烫干丝味要清纯,煮干丝则不妨浓厚。但也不能搁螃蟹、蛤蜊、海蛎子、蛏,那样就是喧宾夺主,吃不出干丝的味了。

北京没有适于切干丝的豆腐干。偶有"大白干",质地松泡,切丝易断。不得已,以高碑店豆腐片代之,细切下扬州方干一菜,但要选片薄而有韧性者。这道菜已经成了我偶设家宴的保留节目。

美籍华人女作者聂华苓和她的丈夫保罗·安格尔来北京,指名要在我家吃一顿饭,由我亲自做。我给她配了几个菜。几个什么菜,我已经忘了,只记得有一大碗煮干丝。华苓吃得淋漓尽致,最后端起碗来把剩余的汤汁都喝了。华苓是湖北人,年轻时是吃过煮干丝的。但在美国不易吃到。美国有广东馆子、四川馆子、湖南馆子,但淮扬馆子似很少。我做这个菜是有意逗引她的故国乡情!我那道煮干丝自己也感觉不错,是用干贝吊的汤。前已说过,煮干丝不厌浓厚。

一九九二年九月七日

贴秋膘

人到夏天,没有什么胃口,饭食清淡简单,芝麻酱面(过水,抓一把黄瓜丝,浇点花椒油);烙两张葱花饼,熬点绿豆稀粥……两三个月下来,体重大都要减少一点。秋风一起,胃口大开,想吃点好的,增加一点营养,补偿补偿夏天的损失,北方人谓之"贴秋膘"。

北京人所谓"贴秋膘"有特殊的含意,即吃烤肉。

烤肉大概源于少数民族的吃法。日本人称烤羊肉为"成吉思汗料理"(青木正《中华腌菜谱》里提到),似乎这是蒙古人的东西。但我看《元朝秘史》,并没有看到烤肉。成吉思汗当然是吃羊肉的,"秘史"里几次提到他到了一个什么地方,吃了一只"双母乳的羊羔"。羊羔而是"双母乳"(两只母羊喂奶)的,想必十分肥嫩。一顿吃一只羊羔,这食量是够可以的。但似乎只是白煮,即便是烤,也会是整只的烤,不会像北京的烤肉一样。如果是北京的烤肉,他吃起来大概也不耐烦,觉得不过瘾。我去过内蒙几次,也没有在草原上吃过烤肉。那么,这是不是蒙古料理,颇可存疑。北京卖烤肉的,都是回民馆子。"烤肉宛"原来有齐白石写的一块小匾,写得明白:"清真烤肉宛",这块匾是写在宣纸上的,嵌在镜框里,字写得很好,后面还加了两行注脚:"诸书无烤字,应人所请自我作古"我曾写信问过语言文字学家朱德熙,是不是古代没有"烤"字,德熙复信说古代字书上确实没有这个字。看来"烤"字是近代人造出来的字了。这是不是回民的吃法?我到过回民集中的兰州,到过新疆的乌鲁木齐、伊犁、吐鲁番,都没有见到如北京烤肉一样的烤肉。烤羊肉串是到处有的,但那是另外一种。北京的烤肉起源于何时,原是哪个民族的,已不可考。反正它已经在北京生根落户,成了北京

"三烤"（烤肉，烤鸭，烤白薯）之一，是"北京吃儿"的代表作了。

北京烤肉是在"炙子"上烤的。"炙子"是一根一根铁条钉成的圆板，下面烧着大块的劈材，松木或炙木。羊肉切成薄片（也有烤牛肉的，少），由堂倌在大碗里拌好佐料——酱油，香油，料酒，大量的香菜，加一点水，交给顾客，由顾客用长筷子平摊在炙子上烤。"炙子"的铁条之间有小缝，下面的柴烟火气可以从缝隙中透上来，不但整个"炙子"受火均匀，而且使烤着的肉带柴木清香；上面的汤卤肉屑又可填入缝中，增加了烤炙的焦香。过去吃烤肉都是自己烤。因为炙子颇高，只能站着烤，或一只脚踩在长凳上。大火烤着，外面的衣裳穿不住，大都脱得只穿一件衬衫。足蹬长凳，解衣磅礴，一边大口地吃肉，一边喝白酒，很有点剽悍豪霸之气。满屋子都是烤炙的肉香，这气氛就能使人增加三分胃口。平常食量，吃一斤烤肉，问题不大。吃斤半，二斤，二斤半的，有的是。自己烤，嫩一点，焦一点，可以随意。而且烤本身就是个乐趣。

北京烤肉有名的三家：烤肉季，烤肉宛，烤肉刘。烤肉宛在宣武门里，我住在国会街时，几步就到了，常去。有时懒得去等炙子（因为顾客多，炙子常不得空），就派一个孩子带个饭盒烤一饭盒，买几个烧饼，一家子一顿饭，就解决了。烤肉宛去吃过的名人很多。除了齐白石写的一块匾，还有张大千写的一块。梅兰芳题了一首诗，记得第一句是"宛家烤肉旧驰名"，字和诗当然是许姬传代笔。烤肉季在什刹海，烤肉刘在虎坊桥。

从前北京人有到野地里吃烤肉的风气。玉渊潭就是个吃烤肉的地方。一边看看野景，一边吃着烤肉，别是一番滋味。听玉渊潭附近的老住户说，过去一到秋天，老远就闻到烤肉香味。

北京现在还能吃到烤肉，但都改成由服务员代烤了端上来，那就没劲了。我没有去过。内蒙也有"贴秋膘"的说法，我在呼和浩特就听到过。不过似乎只是汉族干部或说汉语的蒙族干部这样说。蒙语有没有这说法，不知道。呼市的干部很愿意秋天

"下去"考察工作或调查材料。别人就会说："哪里是去考察,调查,是去'贴秋膘'去了。"呼市干部所说"贴秋膘"是说下去吃羊肉去了。但不是去吃烤肉,而是去吃手把羊肉。到了草原,少不了要吃几顿羊肉。有客人来,杀一只羊,这在牧民实在不算什么。关于手把羊肉,我曾写过一篇文章,收入《蒲桥集》,兹不重述。那篇文章漏了一句很重要的话,即羊肉要秋天才好吃,大概要到阴历九月,羊才上膘,才肥。羊上了膘,人才可以去"贴"。

小乐胃

小乐胃或写作"小乐味",但是上海话"味"读 mi,不读 wei,所以还是写成"小乐胃",虽然有点勉强,也许有更准确的写法,须请教老上海。

小雨连阴,在自己家里,一小砂锅腌笃鲜、一盘雪里蕻炒冬笋肉丝,一盘皮蛋拌豆腐(这个菜只有上海有),一碟油氽果肉,吃一斤老酒,小乐胃!

但我所说的小乐胃范围更大一点,包括酒菜、面点、小吃、零食。

我弄不清乌贼鱼卤鸡蛋是怎样把一只完整的去壳鸡蛋塞进完整的乌贼鱼肚子里去的。吃起来蛮有意思。红方(五花肉切成正方的一块,卤熟),肥而不腻,颜色鲜明。卤煮花干,价钱不贵。

氽明蚶下酒,一绝。

黄泥螺是酒菜中的尤物。

我觉得南翔馒头比天津狗不理的包子好,和以"川菜扬点"著名的绿杨村的包子是两样风格。

上海的面都是汤面,像北京的炸酱面、打卤面,是没有的。我认为最好的面是马路旁边、弄堂里厢卖的咖喱牛肉面。汤鲜、肉嫩,咖喱味足。雪菜肉丝面亦甚佳,要是新鲜雪里蕻、阔条面。八宝辣酱面亦有风味。大排骨面、小排骨面平平。

上海馄饨有大馄饨、小馄饨。大馄饨为菜肉馅,他处少见。小馄饨是纯肉馅。

逛老城隍庙,总要喝一碗鸡鸭血汤,吃几只百页结。鸡鸭血汤是用海蜓鱼调的汤,有一种特殊的鲜味。我陪一位北方朋友去喝鸡鸭血汤,吃百页结,他说:"这有什么吃头!"

上海零食的代表作是老城隍庙的奶油五香豆。北京、昆明等城市都曾经仿制过,都有个特点:咬不动。

老城隍庙前些年还有梨膏糖卖,我看了很亲切,因为我小时候吃过。现在的孩子都吃巧克力、大白兔奶糖，对梨膏糖不会感兴趣。倒是老人有时买两块含在嘴里，为了怀旧。

零食里有两样是比较特别的，一是鸭肫肝，一是龙虱，过去卖香烟火柴的小店就有得卖，装在广口的玻璃大瓶里。龙虱本不是上海东西，是广东来的。上海人有的不吃，因为这是昆虫。我有一次看电影时拿了一包龙虱一只一只地吃，旁座两位小姐吓得连忙调了个座位。

零食里最便宜的是甜支卜、咸支卜。好像是萝卜丝做的。喝清茶，嚼咸支卜，看周作人的文章，很配称。

上海人爱吃檀香橄榄，比福建人还爱吃。福建的橄榄多是用甘草等药料腌制过的，橄榄味已保留不多。上海的檀香则是一颗颗碧绿生青的新鲜橄榄，这样放在嘴里嚼了很久，才真能食后回甘。

上海饮食的特点是精致，有味道，实惠。但因为是"小乐胃"，缺点是小，缺少气魄，有点小家子气。这和上海人的生活方式、上海人的心态，和上海整个文化构成是一致的。随着改革开放的大潮涌起，上海文化，包括上海的饮食文化会有所改变。但是不管开放到什么程度，要上海人人都能喝得起人头马XO，是不可能的。要上海人像山东人一样攥着几根大葱啃一斤锅盔，像河北人一样捧着一海碗芝麻酱面，一边狼吞虎咽，一边嘎吱嘎吱嚼着紫皮生大蒜，上海人是吃不消的。

手把肉

蒙古人从小吃惯羊肉,几天吃不上羊肉就会想得慌。蒙古族舞蹈家斯琴高娃(蒙古族女的叫斯琴高娃的很多,跟那仁花一样的普遍)到北京来,带着她的女儿。她的女儿对北京的饭菜吃不惯。我们请她在晋阳饭庄吃饭,这小姑娘对红烧海参、脆皮鱼……统统不感兴趣。我问她想吃什么,"羊肉!"我把服务员叫来,问他们这儿有没有羊肉,说只有酱羊肉。"酱羊肉也行,咸不咸?""不咸。"端上来,是一盘羊腱子。小姑娘白嘴把一盘羊腱子都吃了。问她:"好吃不好吃?""好吃!"她妈说:"这孩子!真是蒙古人!她到北京几天,头回说'好吃'。"

蒙古人非常好客,有人骑马在草原上漫游,什么也不带，只背了一条羊腿。日落黄昏，看见一个蒙古包，下马投宿。主人把他的羊腿解下来，随即杀羊。吃饱了，喝足了，和主人一家同宿在蒙古包里，酣然一觉。第二天主人送客上路，给他换了一条新的羊腿背上。这人在草原上走了一大圈，回家的时候还是背了一条羊腿，不过已经不知道换了多少次了。

"四人帮"肆虐时期，我们奉江青之命，写一个剧本，搜集材料，曾经四下内蒙古。我在内蒙古学会了两句蒙古话。蒙古族同志说，会说这两句话就饿不着。一句是"不达一地"——要吃的；一句是"莫哈一的"——要吃肉。"莫哈"泛指一切肉，特指羊肉。（元杂剧有一出很特别，汉话和蒙古话掺和在一起唱。其中有一句是"莫哈整斤吞"，意思是整斤地吃羊肉。）果然，我从伊克昭盟到呼伦贝尔大草原，走了不少地方，吃了多次手把肉。

八、九月是草原最美的时候。经过一夏天的雨水，草都长好了，草原一片碧绿。阿格长好了，灰背青长好了，阿格和灰背青是牲口最爱吃的草。草原上的草在我们看起来都是草,牧民却对每一种草都叫得出名字。草里有野葱、野韭菜(蒙古人说他们那里的羊肉不膻,是因为羊吃野葱,自己把味解了)。到处开着五颜六色的花。羊这时也都上了膘了。

内蒙古的作家、干部爱在这时候下草原,体验生活,调查工作,也是为去"贴秋膘"。进了蒙古包,先喝奶茶。内蒙古的奶茶制法比较简单,不像西藏的酥油茶那样麻烦。只是用铁锅坐一锅水,水开后抓一把茶叶,滚几滚,加牛奶,放一把盐,即得。我没有觉得有太大的特点,但喝惯了会上瘾的。(蒙古人一天也离不开奶茶。很多人早起不吃东西,喝两碗奶茶就去放羊。)摆了一桌子奶食,奶皮子、奶油(是稀的)、奶渣子……还有月饼、桃酥。客人喝着奶茶,蒙古包外已经支起大锅,坐上水,杀羊了。

蒙古人杀羊真是神速,不是用刀子捅死的,是掐断羊的主动脉。羊挣扎都不挣扎,就死了。马上开膛剥皮,工具只有一把比水果刀略大的一点的折刀。一会儿的功夫，羊皮就剥下来，抱到稍远处晒着去了。看看杀羊的现场，连一滴血都不溅出，草还是干干净净的。

"手把肉"即白水煮切成大块的羊肉。一手"把"着一大块肉，用一柄蒙古刀自己割了吃。蒙古人用刀子割肉真有功夫。一块肉吃完了，骨头上连一根肉丝都不剩。有小孩子割剔得不净，妈妈就会说："吃干净了，别像那干部似的！"干部吃肉，不像牧民细心，也可能不大会使刀子。牧民对奶、对肉都有一种近似宗教情绪似的敬重，正如汉族的农民对粮食一样，糟踏了，是罪过。吃手把肉过去是不预备佐料的，顶多放一碗盐水，蘸了吃。现在也有一点佐料，酱油、韭菜花之类。因为是现杀、现煮、现吃，所以非常鲜嫩。在我一生中吃过的各种做法的羊肉中，我以为手把羊肉第一。如果要我给它一个评语，我将毫不犹豫地说：无与伦比！

吃肉，一般是要喝酒的。蒙古人极爱喝酒，而且几乎每饮必醉。我在呼和浩特听一个土默特旗的汉族干部说"骆驼见了柳，蒙古人见了酒"，意思就走不动了——骆驼爱吃柳条。我以为这是一句现代俗话。偶读一本宋人笔记，见有"骆驼见柳，蒙古见酒"之说，可见宋代已有此谚语，已经流传几百年了。可惜我把这本笔记的书名忘了。宋朝的蒙古人喝的大概是武松喝的那种煮酒，不会是白酒——蒸馏酒。白酒是元朝的时候才从阿拉伯传进来的。

在达茂旗吃过一次"羊贝子"，即煮全羊。整只羊放在大锅里煮。据说蒙古人吃只煮三十分钟，因为我们是汉族，怕太生了不敢吃，多煮了十五分钟。整羊，剁去四蹄，趴在一个大铜盘里。羊头已经切下来，但仍放在脖子后面的腔子上，上桌后再搬走。吃羊贝子有规矩，先由主客下刀，切下两条脖子后面的肉（相当于北京人所说的"上脑"部位），交叉斜搭在肩背上，然后其他客人才动刀，各自选取自己爱吃的部位。羊贝子真是够嫩的，一刀切下去，会有血水滋出来。同去的编剧、导演，有的望而生畏，有的浅尝即止，鄙人则吃了个不亦乐乎。羊肉越嫩越好。蒙古人认为煮久了的羊肉不好消化，诚然诚然。我吃了一肚子半生的羊肉，太平无事。

蒙古人真能吃肉。海拉尔有两位书记到北京东来顺吃涮羊肉，两个人要了十四盘肉，服务员问："你们吃得完吗？"一个书记说："前几天我们在呼伦贝尔，五个人吃了一只羊！"

蒙古人不是只会吃手把肉，他们也会各种吃法。呼和浩特的烧羊腿，烂，嫩，鲜，入味。我尤其喜欢吃清蒸羊肉。我在四子王旗一家不大的饭馆中吃过一次"拔丝羊尾"。我吃过拔丝山药、拔丝土豆、拔丝苹果、拔丝香蕉，从来没听说过羊尾可以拔丝。外面有一层薄薄的脆壳，咬破了，里面好像什么也没有，一包清水，羊尾油已经化了。这东西只宜供佛，人不能吃，因为太好吃了！

我在新疆唐巴拉牧场吃过哈萨克的手抓羊肉。做法与内蒙古的手把肉略似，也是大锅清水煮，但切的肉块较小，煮的时间稍长。肉熟后，下面条，然后装在大磁盘里端上来。下面是面，上面是肉。主人以刀把肉切成小块，客人以手抓肉及面同吃。

吃之前，由一个孩子执铜壶注水于客人之手。客人手上浇水后不能向后甩，只能待其自干，否则即是对主人不敬。铜壶颈细而长，壶身镂花，有中亚风格。

栗　子

栗子的形状很奇怪，像一个小刺猬。栗有"斗"，斗外长了长长的硬刺，很扎手。栗子在斗里围着长了一圈，一颗一颗紧挨着，很团结。当中有一颗是扁的，叫做脐栗。脐栗的味道和其他栗子没有什么两样。坚果的外面大都有保护层，松子有鳞瓣，核桃、白果都有苦涩的外皮，这大概都是为了对付松鼠而长出来的。

新摘的生栗子很好吃，脆嫩，只是栗壳很不好剥，里面的内皮尤其不好去。

把栗子放在竹篮里，挂在通风的地方吹几天，就成了"风栗子"。风栗子肉微有皱纹，微软，吃起来更为细腻有韧性。不像吃生栗子会弄得满嘴都是碎粒，而且更甜。贾宝玉为一件事生了气，袭人给他打岔,说:"我想吃风栗子了。你给我取去。"怡红院的檐下是挂了一篮风栗子的。风栗子入《红楼梦》,身价就高起来,雅了。这栗子是什么来头,是贾蓉送来的?刘姥姥送来的?还是宝玉自己在外面买的?不知道,书中并未交待。

栗子熟食的较多。我的家乡原来没有炒栗子,只是放在火里烤。冬天,生一个铜火盆,丢几个栗子在通红的炭火里,一会儿,砰的一声,蹦出一个裂了壳的熟栗子,抓起来,在手里来回倒,连连吹气使冷,剥壳入口,香甜无比,是雪天的乐事。不过烤栗子要小心,弄不好会炸伤眼睛。烤栗子外国也有,西方有"火中取栗"的寓言,这栗子大概是烤的。

北京的糖炒栗子,过去讲究栗子是要良乡出产的。良乡栗子比较小,壳薄,炒熟后个个裂开,轻轻一捏,壳就破了,内皮一搓就掉,不"护皮"。据说良乡栗子原是进贡的,是西太后吃的(北方许多好吃的东西都说是给西太后进过贡)。

北京的糖炒栗子其实是不放糖的,昆明的糖炒栗子真的放糖。昆明栗子大，炒栗子的大锅都支在店铺门外，用大如玉米豆的粗砂炒，不时往锅里倒一碗糖水。昆明炒栗子的外壳是粘的，吃完了手上都是糖汁，必须洗手。栗肉为糖汁沁透，很甜。

炒栗子宋朝就有。笔记里提到的"煻栗"，我想就是炒栗子。汴京有个叫李和儿的，煻栗有名。南宋时有一使臣（偶忘其名姓）出使，有人遮道献煻栗一囊，即汴京李和儿也。一囊煻栗，寄托了故国之思，也很感人。

日本人爱吃栗子，但原来日本没有中国的炒栗子。有一年我在广交会的座谈会上认识一个日本商人，他是来买栗子的（每年都来买）。他在天津曾开过一家炒栗子的店，回国后还卖炒栗子，而且把他在天津开的炒栗子店铺的招牌也带到日本去，一直在东京的炒栗子店里挂着。他现在发了财，很感谢中国的炒栗子。

北京的小酒铺过去卖煮栗子。栗子用刀切破小口，加水，入花椒大料煮透，是极好的下酒物。现在不见有卖的了。

栗子可以做菜。栗子鸡是名菜,也很好做,鸡切块,栗子去皮壳,加葱、姜、酱油,加水淹没鸡块,鸡块熟后,下绵白糖,小火焖二十分钟即得。鸡须是当年小公鸡,栗须完整不碎。罗汉斋亦可加栗子。

我父亲曾用白糖煨栗子,加桂花,甚美。

北京东安市场原来有一家卖西式蛋糕、冰点心的铺子卖奶油栗子粉。栗子粉上浇稀奶油,吃起来很过瘾。当然,价钱是很贵的。这家铺子现在没有了。

羊羹的主料是栗子面。"羊羹"是日本话,其实只是潮湿的栗子面压成长方形的糕,与羊毫无关系。

河北的山区缺粮食,山里多栗树,乡民以栗子代粮。栗子当零食吃是很好吃的,但当粮食吃恐怕胃里不大好受。

夏 天

夏天的早晨真舒服。空气很凉爽，草上还挂着露水（蜘蛛网上也挂着露水），写大字一张，读古文一篇。夏天的早晨真舒服。

凡花大都是五瓣，栀子花却是六瓣。山歌云："栀子花开六瓣头"。栀子花粗粗大大，色白，近蒂处微绿，极香，香气简直有点叫人受不了，我的家乡人说是："碰鼻子香"。栀子花粗粗大大，又香得撑都撑不开，于是为文雅人不取，以为品格不高。栀子花说："去你妈的，我就是要这样香，香得痛痛快快，你们他妈妈的管得着吗！"

人们往往把栀子花和白兰花相比。苏州姑娘串街卖花，娇声叫卖："栀子花！白兰花！"白兰花花朵半开，娇娇嫩嫩，如象牙白色，香气文静，但有点甜俗，为上海长三堂子的"倌人"所喜，因为听说玉兰花要到夜间枕上才格外地香。我觉得红"倌人"的枕上之花，不如船娘鬓边花更为刺激。

夏天的花里最为幽静的是珠兰。

牵牛花短命。早晨沾露才开，午时即已萎谢。

秋葵也命薄。瓣淡黄，白心，心外有紫晕。风吹薄瓣，楚楚可怜。

凤仙花有单瓣者，有重瓣者。重瓣者如小牡丹，凤仙花茎粗肥，湖南人用以腌"臭咸菜"，此吾乡所未有。

马齿苋、狗尾巴草、益母草，都长得非常旺盛。

淡竹叶开浅蓝色小花，如小蝴蝶，很好看。叶片微似竹叶而较柔软。

"万把钩"即苍耳。因为结的小果上有许多小钩，碰到它就会挂在衣服上，得小心摘去。所以孩子叫它"万把钩"。

我们那里有一种"巴根草",贴地而去,是见缝扎根,一棵草蔓延开来,长了很多根,横的,竖的,一大片。而且非常顽强,拉扯不断。很小的孩子就会唱:

巴根草,

绿茵茵,

唱个唱,

把狗听。

最讨厌的是"臭芝麻"。掏蟋蟀、捉金铃子,常常沾了一裤腿。其臭无比,很难除净。

西瓜以绳络悬之井中,下午剖食,一刀下去,喀嚓有声,凉气四溢,连眼睛都是凉的。

天下皆重"黑籽红瓤",吾乡独以"三白"为贵:白皮、白瓤、白籽。"三白"以东墩产者最佳。

香瓜有:牛角酥,状似牛角,瓜皮淡绿色,刨去皮,则瓜肉浓绿,籽赤红,味浓而肉脆,北京亦有，谓之"羊角蜜";虾蟆酥,不甚甜而脆,嚼之有黄瓜香;梨瓜,大如拳,白皮,白瓤,生脆有梨香;有一种较大,皮色如虾蟆,不甚甜,而极"面",孩子们称之为"奶奶哼",说奶奶一边吃,一边"哼"。

蝈蝈,我的家乡叫做"叫蛐子"。叫蛐子有两种。一种叫"侉叫蛐子。"那真是"侉",跟一个叫驴子似的,叫起来"咶咶咶咶"很吵人。喂它一点辣椒,更吵得厉害。一种叫"秋叫蛐子",全身碧绿如玻璃翠,小巧玲珑,鸣声亦柔细。

别出声,金铃子在小玻璃盒子里爬哪!它停下来,吃两口食,——鸭梨切成小般子块。于是它叫了"丁铃铃铃"……

乘凉。

搬一张大竹床放在天井里,横七竖八一躺,浑身爽利,暑气全消。看月华。月华五色晶莹,变幻不定,非常好看。月亮周围有一个模模糊糊的大圆圈,谓之"风圈",近几天会刮风。"乌猪子过江了"——黑云漫过天河,要下大雨。

一直到露水下来,竹床子的栏杆都湿了,才回去,这时已经很困了,才沾藤枕(我们那里夏天都枕藤枕或漆枕),已入梦乡。

鸡头米老了,新核桃下来了,夏天就快过去了。

果蔬秋浓

中国人吃东西讲究色香味。关于色味,我已经写过一些话,今只说香。

水果店

江阴有几家水果店,最大的是正街正对寿山公园的一家,水果多,个大,饱满,新鲜。一进门,扑鼻而来的是浓浓的水果香。最突出的是香蕉的甜香。这香味不是时有时无,时浓时淡,一阵一阵的,而是从早到晚都是这么香,一种长在的、永恒的香。香透肺腑,令人欲醉。

我后来到过很多地方,走进过很多水果店,都没有这家水果店的浓厚的果香。这家水果店的香味使我常常想起，永远不忘。

那年我正在恋爱，初恋。

果蔬秋浓

今天的活是收萝卜。收萝卜是可以随便吃的——有些果品不能随便吃，顶多尝两个，如二十世纪明月（梨）、柔丁香（葡萄），因为产量太少了，很金贵。萝卜起出来，堆成小山似的。农业工人很有经验，一眼就看出来，这是一般的，过了磅卖出去；这几个好，留下来自己吃。不用刀，用棒子打它一家伙，"棒打萝卜"嘛。喀嚓一声，萝卜就裂开了。萝卜香气四溢，吃起来甜、酥、脆。我们种的是心里美。张家口这地方的水土好像特别宜于萝卜之类作物生长，苤蓝有篮球大，疙瘩白（圆白菜）像一个小铜盆。萝卜多汁，不艮，不辣。

红皮小水萝卜，生吃也很好（有萝卜我不吃水果),我的家乡叫作"杨花萝卜",因为杨树开花时卖。过了那几天就老了。小红萝卜气味清香。

江青一辈子只说过一句正确的话:"小萝卜去皮,真是煞风景!"我们有时陪她看电影,开座谈会,听她东一句西一句地漫谈。开会都是半夜(她白天睡觉,夜里办公),会后有一点夜宵。有时有凉拌小萝卜。人民大会堂的厨师特别巴结,小萝卜都是削皮的。萝卜去皮,吃起来不香。

南方的黄瓜不如北方的黄瓜,水叽叽的,吃起来没有黄瓜香。

都爱吃夏初出的顶花带刺的嫩黄瓜,那是很好吃,一咬满口香,嫩黄瓜最好攥在手里整咬,不必拍,更不宜切成细丝。但也有人爱吃二茬黄瓜——秋黄瓜。

呼和浩特有一位老八路,官称"老李森"。此人保留了很多农民的习惯,说起话来满嘴粗话。我们请他到宾馆里来介绍情况,他脱下一只袜子来,一边摇着这只袜子,一边谈,嘴里隔三句就要加一个"我操你妈!"他到一个老朋友曹文玉家来看我们。曹家院里有几架自种的黄瓜,他进门就摘了两条嚼起来。曹文玉说:"你洗一洗!"——"洗它做啥!"

我老是想起这两句话:"宁吃一斗葱,莫逢屈突通。"这两句话大概出自杨升庵的《古谣谚》。屈突通不知是什么人,印象中好像是北朝的一个很凶恶的武人。读书不随手做点笔记,到要用时就想不起来了。我为什么老是要想起这两句话呢?因为我每天都要吃葱,爱吃葱。

"小葱拌豆腐——一清二白,"每年小葱下来时我都要吃几次小葱拌豆腐,盐,香油,少量味精。

羊角葱蘸酱卷煎饼。

再过几天,新葱——新鲜的大葱就下来了。

我在一九五八年定为右派,尚未下放,曾在西山八大处干了一阵活,为大葱装箱。是山东大葱,出口的,可能是出口到东南亚的。这样好的大葱我真没有见过,葱白够一尺长,粗如擀面杖。我们的任务是把大葱在大箱里码整齐,钉上木板。闻得出来,这大葱味甜不辣,很香。

新山药（土豆，马铃薯）快下来了，新山药入大笼蒸熟，一揭屉盖，喷香！山药说不上有什么味道，可是就是有那么一种新山药气。羊肉卤蘸莜面卷，新山药，塞外美食。

苤蓝、茄子，口外都可以生吃。

逐　臭

"臭豆腐、酱豆腐，王致和的臭豆腐！"过去卖臭豆腐、酱豆腐是由小贩担子沿街串巷吆喝着卖的。王致和据说是有这么个人的。皖南屯溪人，到北京来赶考，不中，穷困落魄，流落在北京，百无聊赖，想起家乡的臭豆腐，遂依法炮制，沿街叫卖，生意很好，干脆放弃功名，以此为生。这个传说恐怕不可靠，一个皖南人跑到北京来赶考，考的是什么功名？无此道理。王致和臭豆腐家喻户晓，世代相传，现在成了什么"集团"，厂房很大，但是商标仍是"王致和"。王致和臭豆腐过去卖得很便宜，是北京最便宜的一种贫民食品，都是用筷子夹了卖，现在改用方瓶码装，卖得很贵，成了奢侈品。有一个侨居美国的老人，晚年不断地想北京的臭豆腐，再来一碗热汤面，此生足矣。这个愿望本不难达到，但是臭豆腐很臭，上飞机前检查，绝对通不过，老华人恐怕将带着他的怀乡病，抱恨以终。

臭豆腐闻起来臭，吃起来香。有一位女同志，南京人。爱人到南京出差，问她要带什么东西。——"臭豆腐"。她爱人买了一些，带到火车上。一车厢都大叫："这是什么味道？什么味道！"我们在长沙，想尝尝毛泽东在火宫殿吃过的臭豆腐，循味跟踪，臭味渐浓，"快了，快到了，闻到臭味了嘛！"到了眼前，是一个公共厕所！据说毛泽东曾特意到火宫殿去吃了一次臭豆腐，说了一句话："火宫殿的臭豆腐还是好吃！""文化大革命"中，这就成了一条"最新指示"，用油漆写在火宫殿的照壁上。

其实油炸臭豆腐干不只长沙有。我在武汉、上海、南京，都吃过。昆明的是烤臭豆腐，把臭油豆干放在下置炭火的铁篦子上烤。南京夫子庙卖油炸臭豆腐干用竹签子串起来，十个一串，像北京的冰糖葫芦似的，穿了薄纱的旗袍或连衣裙的女郎，描眉画眼，一人手里拿了两三串臭豆腐，边走边吃，也是一种景观，他处所无。

吃臭，不只中国有，外国也有，我曾在美国吃过北欧的臭启司。招待我们的诗人保罗·安格尔，以为我吃不来这种东西。我连王致和臭豆腐都能整块整块地吃，还在乎什么臭启司！待老夫吃一个样儿叫你们见识见识！

不臭不好吃，越臭越好吃，口之于味并不都是"有同嗜焉"。

一九九六年三月二十七日

清汤挂面

罗广斌喜欢说女孩子是清汤挂面。见女孩子衣服淡雅，举止安静，就小声说："清汤挂面！清汤挂面！"

这挂面不是指普通的挂面，而是指北碚特产的银丝挂面，面极细而皆中空。我和广斌等人曾在北温泉数帆楼住过一阵，看过这种挂面的制法。

川菜多色浓味重，又麻又辣，但不都是这样。比如"开水白菜"，我头一次吃这种菜，接过菜谱："开水白菜？开水如何能做出好菜？"喝了一口，鲜美无比，而存白菜之本味清香。这不是开水，而是撇净油花的纯鸡汤。汤极清，真是"可以注砚"。"清汤挂面"也是鸡汤，清可注砚。

四川人真会吃，凡菜皆达于极致，浓就浓到底，淡就淡到家。这样才称得起是"饮食文化"。

辣　椒

一九六五年五一节前我到重庆写剧本。没事，和几个小演员上街闲逛。远远看见一堵白墙，黑漆刷书三个颜体大字："麻辣烫"。走近一看，是个卖面条的小馆子。四川吃食都是辣的。这几个女孩子辣怕了。有一次我带她们去吃汤圆。一个唱老旦的，进门就嚷："不要辣椒！"卖汤圆的师傅白了她一眼："汤圆没有放辣椒的！"

西南几省都吃辣，我觉得最能吃辣的是贵州人。我在西南联大时和几个贵州同学去吃过桥米线，他们搞了一捧辣极了的青辣椒，在火上烤烤，喝白酒！别的省只是吃辣，四川人是既辣且麻。川菜大都要放花椒。生花椒，剁碎，菜做好了后下。川剧名丑李文杰请我们吃饭，有一道水煮牛肉。我不知深浅,挟了一筷,一入口,噎得我出不了气。

为什么四川人那样爱吃辣呢?原因很多。有人说四川气候潮湿,吃辣椒可以祛除潮气,理或有之。这是从小养成的习惯。我在新都曾看见一个孩子(也就是三岁吧)蹲在妈妈背上的背笼里吃零食。一看,他是吧叽吧叽地在嚼一个泡辣椒!我以为吃辣主要是为了开胃、刺激食欲、解馋、下饭。张家口农民有言:"要解馋,辣加咸";又说:"辣椒是穷人的肉。"南北皆然。要说为了赶潮气,张家口气候并不潮湿。吃辣,最初可能是因为没有什么好吃的。

我见过的真正的正宗川味,是在重庆一个饭摊上。木桶里的干饭蒸得不软不硬,热腾腾的。菜,没有,只有七八样用辣椒拌得通红的咸菜,码在粗瓷大盘里。一位从乡坝头来的乡亲把扁担绳子靠在一边,在长凳上坐下来,要了两份"帽儿头",一碟辣咸菜。顷刻之间,就"杀搁"了。到茶馆里要了一碗大叶粗茶,咕咚咕咚喝一气,打一个响嗝。茶香浓酽,米饭回甘,硬是安逸!

《旅食与文化》 题记

"旅食"作为词语始见于杜甫诗。杜甫《奉赠韦左丞丈二十二韵》:

……
骑驴十三载,
旅食京华春。
朝扣富儿门,
暮随肥马尘。
残杯与冷炙,
到处潜悲辛。

我没有杜甫那样的悲辛,这里的"旅食"只是说旅行和吃食。

我是喜欢旅行的，但是近年脚力渐渐不济。人老先从腿上老。六十岁时就有年轻人说我走路提不起脚后跟。七十岁生日作诗抒怀，有句云：

悠悠七十犹耽酒，
唯觉登山步履迟。

七十以后有相邀至外边走走，我即声明："遇山而止，逢高不上"了。前年重到雁荡，我就不能再登观音阁，只是在山下平地上看看，走走。即使司马光的见道之言："登山品有道，徐行则不蹶"也不能奉行。甚矣吾衰也！岁数不饶人，不服老是不行的。

老了，胃口就差。有人说装了假牙，吃东西就不香了。有人不以为然，说：好吃不好吃，决定于舌上的味蕾，与牙无关。但是剥食螃蟹，咔嚓一声咬下半个心里美萝卜，总不那么利落，那么痛快了。虽然前几年在福建云霄吃血蚶，我还是兴致勃勃，吃了的空壳在面前堆成一座小山，但这样时候不多矣。因为这里那里有点故障，医生就嘱咐这也不许吃、那也不许吃，立了很多戒律。肝不好，白酒已经戒断。胆不好，不让吃油炸的东西。前几月做了一次"食道照影"，坏了！食道有一小静脉曲张，医生命令不许吃硬东西，怕碰破曲张部分流血，连烙饼也不能吃，吃苹果要搅碎成糜。这可怎么活呢？不过，幸好还有"世界第一"的豆腐，我还是能鼓捣出一桌豆腐席来的，不怕！

舍伍德·安德生的《小城畸人》记一老作家，"他的躯体是老了，不再有多大用处了，但他身体内有些东西却是全然年轻的"。我希望我能像这位老作家，童心常绿。我还写一点东西，还能陆陆续续地写更多的东西，这本《旅食与文化》会逐年加进一点东西。

活着多好呀。我写这些文章的目的也就是使人觉得：活着多好呀！

一九九七年二月二十日

面　茶

　　面茶和茶汤是两回事，虽然原料可能是一样的，都是糜子面。茶汤是把糜子面炒熟，放在碗里，从烧得滚开的大铜嘴里倒出开水，浇在碗里，即得。卖茶汤的"茶汤李"、"茶汤陈"……的摊子上都有一把很大的紫铜大壶，擦得锃亮，即"茶汤壶"。有的铜壶嘴是龙头的，龙头上还缀了两个鲜红的小绒球，称为"龙嘴大茶汤壶"。大茶汤壶常是传了几代的，制作精工，是摊主的骄傲。茶汤有什么好吃？有点糜子香，如此而已。有的在茶汤加了核桃仁、青梅、葡萄干、青红丝……称为"八宝茶汤"，也只是如此而已。北京人、天津人爱喝茶汤，我对他们的感情不能理解，只能说这是一种文化积淀。面茶是糊糊状的，颜色嫩黄,盛满一碗,洒芝麻盐,以手托碗,转着圈儿喝,——会喝茶汤的不使勺筷,都是转着碗喝。这东西有什么好喝的?有一点芝麻盐的香味,如此而已。熬面茶的锅也是铜锅,也都是擦得锃亮的。这种锅就叫做"面茶锅"。

面茶锅里是不能煮什么别的东西的,但是北京人却于想象中在面茶锅里煮各种东西。

"面茶锅里煮元宵,——混蛋"。

我在昆明时曾在一中学教学,这中学是西南联大同学办的,主持校务的是两个同学,他们自任为校长和教导主任。教员也都是联大同学。学校无经费,学期开始时收的一点学生交的学费,很快就叫他们折腾光了,教员的薪水发不出。他们二位四处活动,仍是没有办法,只能弄到一点买米的钱,能使教员开出饭来。菜,实在对不起,于是我们就挖野菜——灰菜、野苋菜、扫帚苗……用一点油滑锅,哗啦一声把野菜倒在锅里,半生不熟,即以就饭。有时他们说是有办法了,等他们进城活动活动,回来就可以发一点钱。不料回来时依旧两手空空。教员生气了，骂他们是混蛋，是面茶锅里煮的球：一个是"面茶锅里煮铁球，——混蛋到底带砸锅"；一个是"面茶锅里煮皮球，——说你混蛋你还一肚子气！"当然面茶锅里是不能煮球的，不论是皮球还是铁球，教员们不过是于无可奈何之中用此形象的语言以泄愤耳。

如果单说"面茶"，不煮什么东西，意思是糊涂。

"文化大革命"来了，谁都不知道是怎么回事。剧团尤其是这样，演员队党小组开会。有一个党员说外面有些单位已经夺权，咱们也应该夺权。他以为党委应该把权交出来，主动下台。另一党员，党小组组长，认为不对，指着主张夺权的党员的鼻子说："群众面茶，你也面茶?!"其实他自己倒真面茶，他领导小组学习，读报，读到"美帝国主义陷于一片癫疮……"大家有些奇怪。拿过报纸看看，原来不是"一片癫疮，"而是"一片瘫痪"。又一次，他读毛主席诗词，把"战士指看南粤，更加郁郁葱葱"读成"更加悠悠忽忽"。

然而他是共产党员。

一九九七年三月七日

豆汁儿

没有喝过豆汁儿,不算到过北京。

小时看京剧《豆汁记》(即《鸿鸾禧》,又名《金玉奴》,一名《棒打薄情郎》),不知"豆汁"为何物,以为即是豆腐浆。

到了北京,北京的老同学请我吃了烤鸭、烤肉、涮羊肉,问我:"你敢不敢喝豆汁儿?"我是个"有毛的不吃掸子,有腿的不吃板凳,大荤不吃死人,小荤不吃苍蝇"的,喝豆汁儿,有什么不"敢"?他带我去到一家小吃店,要了两碗,警告我说:"喝不了,就别喝。有很多人喝了一口就吐了。"我端起碗来,几口就喝完了。我那同学问:"怎么样?"我说:"再来一碗"。

豆汁儿是制造绿豆粉丝的下脚料。很便宜。过去卖生豆汁儿的，用小车推一个有盖的木桶，串背街、胡同。不用"唤头"（招徕顾客的响器），也不吆唤。因为每天串到哪里，大都有准时候。到时候，就有女人提了一个什么容器出来买。有了豆汁儿，这天吃窝头就可以不用熬稀粥了。这是贫民食物。《豆汁记》的金玉奴的父亲金松是"杆儿上的"（叫花头），所以家里有吃剩的豆汁儿，可以给莫稽盛一碗。

卖熟豆汁儿的，在街边支一个摊子。一口铜锅，锅里一锅豆汁，用小火熬着。熬豆汁儿只能用小火，火大了，豆汁儿一翻大泡，就"澥"了。豆汁儿摊上备有辣咸菜丝——水疙瘩切细丝浇辣椒油、烧饼、焦圈——类似油条，但作成圆圈，焦脆。卖力气的，走到摊边坐下，要几套烧饼焦圈，来两碗豆汁儿，就一点辣咸菜，就是一顿饭。

豆汁儿摊上的咸菜是不算钱的。有保定老乡坐下，掏出两个馒头，问"豆汁儿多少钱一碗"，卖豆汁儿的告诉他，"咸菜呢?"——"咸菜不要钱。"——"那给我来一碟咸菜。"

常喝豆汁儿，会上瘾。北京的穷人喝豆汁儿，有的阔人家也爱喝。梅兰芳家有一个时候，每天下午到外面端一锅豆汁儿，全家大小，一人喝一碗。豆汁儿是什么味儿？这可真没法说。这东西是绿豆发了酵的，有股子酸味。不爱喝的说是像泔水，酸臭。爱喝的说：别的东西不能有这个味儿——酸香！这就跟臭豆腐和启司一样，有人爱，有人不爱。

豆汁儿沉底，干糊糊的，是麻豆腐。羊尾巴油炒麻豆腐，加几个青豆嘴儿（刚出芽的青豆），极香。这家这天炒麻豆腐，煮饭时得多量一碗米，——每人的胃口都开了。

八月十六日

painting & calligra
manuscript 手稿
biogra
portrait
肖像

别

册

汪曾祺

编者记

汪曾祺的价值在于连接了曾经断裂多时的中国现代文学和当代文学。他承接废名、沈从文的衣钵,起步于20世纪40年代,特色初显;20世纪50-60年代前期徘徊、观望、积累,偶露峥嵘;"文革"期间受命参与"样板戏"创作,经历了一般作家未曾体尝的特殊生涯与复杂心态;进入20世纪80年代新时期后创造力得以激发,犹如文坛一股清风,迎来个人艺术的高峰期。

当中国文学回归理性,民族文化的自信重新确立的时候,汪曾祺开始释放出迷人而灼热的光芒来。20世纪80年代,现代主义文学风起云涌,汪曾祺在各种场合反复强调"回到现实主义,回到民族传统"。汪曾祺对传统文学、文化资源的转化,具有楷模和榜样的价值,召唤着后来者。他的触角在小说、散文之余遍及戏剧、书画、美食、佛学、民歌、考据等诸多领域。汪曾祺留给世间的不仅是文学成就,更是一种生活态度:"不管在什么环境下,永远不消沉沮丧,无机心,少俗虑,兴致盎然地生活。"

《汪曾祺小全集》由江苏凤凰文艺出版策划推出,有别于市场上众多的汪老作品,将其最精华最出彩的华章打捞、整理,并经由汪老长子汪朗编排,汪曾祺研究者王干校正、勘误,编辑团队经三年反复修订而成。收录散文《人间草木》《四方食事》《昆明的雨》等共186篇,小说《鸡鸭名家》《受戒》《大淖记事》等共78篇。文集小而精悍,较全面地汇聚了汪曾祺对于自然草木、四时美食、旅行杂记、亲友忆往等的细致描写。这个老头,安然迎送着每一段或寂寞或热闹的时光,用自己诚实而温馨的文字,用那些平凡而充满灵性的故事,抚慰着常常焦躁不安的世界。

目录

05　短篇圣手——汪曾祺的小说

09　散文大家——汪曾祺的散文

13　汪曾祺与美食

15　名家眼中的汪曾祺

19　主编眼中的汪曾祺

21　汪曾祺肖像

27　汪曾祺文摘、手稿与书画

39　汪曾祺年表

短篇圣手——汪曾祺的小说

1980年10月,小说《受戒》在《北京文学》发表,引起文坛震动。随后以苏北里下河古城水乡为创作背景的小说《异秉》(重写)与《岁寒三友》《大淖记事》等先后发表,给读者带来了一股清风,"突然扭转了1949年以来的小说审美观和重大题材的创作美学原则,人们惊讶地发现,文学作品原来是可以这样去吸引读者的。于是,一个既熟悉又陌生的名字开始引领文坛风骚,汪曾祺遂成为一面旗帜。"

——丁帆

《邂逅集》：《邂逅集》是汪曾祺的第一部小说集。其中的《鸡鸭名家》《戴车匠》《落魄》这三篇都是取材于汪曾祺对故乡往事的回忆，汪曾祺为什么写这些？发表在《猎猎--寄珠湖》的散文道出了其中奥秘："旅行人跨出乡土一步，便背上一份沉重的寂寞。每个人知道浮在水上的梦，不会流到亲人的枕边，所以他不睡觉，且不惜自己的言语，为了自己，也为了别人，话着故乡风物……"

《职业》：《职业》入选人教版高中语文的选修课本《中国民俗文化》。汪曾祺《职业》自赏："一般都以为《受戒》《大淖记事》是我的代表作，似乎已有定评，但我的回答出乎一些人的意外：《职业》。"他在《文学，应该使人获得生活的信心》中写道："（改写）到第四次，我才想起先写文林街上六七种叫卖声音，把'椒盐饼子西洋糕'放在这样的背景前面，这样就更苍凉地使人感到人世多苦辛，而对这个孩子过早的失去自由，被职业所固定，感到更大的不平。"

《受戒》：首发于1980年10月改刊后的《北京文学》。谈中国文学史，避不开汪曾祺。走进汪曾祺，当绕不开作品《受戒》。小说于1980年8月12日脱稿，后辗转为编辑家李清泉所得，初发在《北京文学》1980年第10期，随即引起文坛轰动，时至今日，仍行情看涨。

国内外作家、学者对其作品的评价：

沈从文：他（汪曾祺）的小说写得比我好。

余华：他（汪曾祺）的文字永远生机勃勃。

王安忆：汪曾祺的小说，可说是顶容易读的了。总是最平凡的字眼，组成最平凡的句子，说一些最平凡的事情。汪曾祺讲故事的语言也颇为老实，他几乎从不概括，而尽是详详细细、认认真真地叙述过程，而且是很日常的过程。

毕飞宇：汪曾祺以清洁的心、充满趣味的生活态度净化了当时的文坛风气。

德间佳信（日本学者）：我本来研究的专业是日本文学，是为汪曾祺先生的作品，我才研究中国当代文学。要是没有汪先生，我或许可能不走这条道路。我认为汪先生是中国本世纪屈指可数的伟大作家，他的作品能使所在国家的人为之感动。

林培瑞（美国汉学家）：一般当代作家的中文底子比不上鲁迅或张爱玲的恐怕属实吧？但也不能一概而论。比如汪曾祺、钟阿城的文字的魅力也是因为文字底子不错。

戴伊（美国学者）：汪老的世界文学的功底很深，他的意识流小说很好。

顾彬（德国汉学家）：汪曾祺的中文很好。王安忆的中文也很好、很清楚。我要的是一个清楚的语言，不多一个字，也不少一个字。

散文大家——汪曾祺的散文

有人说汪曾祺的散文比小说好。汪曾祺推崇"独抒性灵、不拘格套"的文学主张,其散文最值得称道的就是真:真我,真性情,真境界。

他的散文风格朴素简练,充满灵气,不事雕琢,每个人都能看懂,缘于他把自己一生的知识经验、文化学养融入娓娓道来的谈天说地中,将中国传统文化"化入"一种纯真无邪、清澈明朗的意境里,更源于他心地的淡泊和对人情世态的达观与超脱,即使身处逆境,也心境释然。

汪曾祺散文经验之谈

人要有一点自知。我的气质，大概是一个通俗抒情诗人。我永远只是一个小品作家，我写的一切，都是小品。

——《<汪曾祺小品>自序》

散文总得有点见识，有点感慨，有点情致，有点幽默感。

——《<汪曾祺文集>自序》

齐白石自称诗第一，字第二，画第三。有人说汪曾祺的散文比小说好，虽非定论，却有道理。此集诸篇，记人事、写风景、谈文化、述掌故，兼及草木虫鱼、瓜果食物，皆有情致。间作小考证，亦可喜。娓娓而谈，态度亲切，不矜持作态。文求雅洁，少雕饰，如行云流水。春初新韭，秋末晚菘，滋味近似。

——《蒲桥集》

其实，看山看水看雨看月看桥看井，看的都是人生。否则，就是一个地理学家、气象学家，不是散文家。

——《相看两不厌（代序）》

学者对汪曾祺散文的评价：

莫言（作家，诺贝尔文学奖获得者）：汪先生的散淡当然不是故作的姿态，他的散淡来自曾经沧海，来自彻悟人生，来自司空见惯。但汪先生并不是绝念红尘的老僧，他的那颗童心蓬勃跳动着，使他的作品洋溢着天真和浪漫。这样一种老与嫩，动与静，山与水的融合，使他的作品呈现出一种既有传承又有创新的独家气象。

季红真（散文家，评论家，《汪曾祺全集》主编）：一、散文题材广泛、内容多样。二、散文格式自由，多"叙谈体"，闲谈中有机趣。三、情感含蓄平稳，天趣盎然。四、语言干净，和谐流畅，"他驾驭语言的能力说炉火纯青并不过分。他拯救了中国文人的文学传统，又汲取了民间文化的自由活力，将一种淡而有韵味的语言风格发挥到极致，实在是当代的散文大师。"

王干（评论家、散文家）：汪曾祺代表着中国的文化自信，他的文学作品中文字的代表性意象，在现当代中国文学史的发展中，意义是非常重大的。从上世纪 80 年代开始，他有了自我的觉醒，用最直接的中国语言，讲述最生动的中国故事。这样的觉醒，是基于汪曾祺对中国传统文学的深入研究，最终才能厚积薄发，才能轻松展示出中国文字之美。

汪曾祺与美食

汪曾祺有两个爱好：写美文与做美食。

买菜、下厨，厨艺为世人所知，最大的乐趣是看家人或客人吃得很高兴盘盘见底。描写美食、食材、吃法、味道和趣闻，信笔穿插文献记录和民间传说，借寻常百姓的口腹之欲，寄以和谐之道，涉笔"民生"关怀。

一手好厨艺，一手妙文章，仿佛烟火人间悠然自得的"厨圣宰相"。

名家眼中的汪曾祺

汪曾祺老离开我们了，但他的文学和人格，他用小说、散文、戏剧、书画为人间创造的温暖、爱意、良知和诚心，却始终伴随着我们。

汪曾祺先生总让我想"相信生活，相信爱"。

他深知人性的复杂和世界的艰深。他的不凡在于，他更相信并尊重生命那健康的韧性，他更相信爱的力量对世界的意义。今天，在汪曾祺先生的家乡，怀念他、热爱他的人们以这样的规模和如此的隆重来追忆这位中国现代文学的杰出人物，这一方水土的文化财富，使我感受到高邮润泽、悠远的文化积淀；我也愈加觉得，一个民族、一座城市，是不能没有如汪老这样一些让我们亲敬交加的人呼吸其中的。

——铁凝《相信生活，相信爱》（节选）

莫言：有人有才而无趣，有人无趣而多才。汪先生是多才而有趣之人。有人留下文章没留下故事，有人留下故事没留下文章。汪先生是既留下很多文章，又留下很多故事的人。

孙郁：2009年，对于汪曾祺而言，早期是西洋现代小说开启了其思想，晚年则为野史笔记引路前行，遂有了一种脱俗之象。考察晚清以来文章好的人，在这一点上，多少是一样的。汪曾祺复活了一种文体，对80年代的文学，真的是功莫大焉。

林斤澜：他一个人就是一片森林。

史铁生：汪曾祺不仅是高邮的骄傲，也是整个中华民族文学界的骄傲。他留下的遗产值得我们很久地学习。

王彬彬：我欣赏的是什么呢？是语言，是汪曾祺那炉火纯青的白话汉语。……而要懂得什么是白话汉语之美，要品味白话汉语最高的文学性，汪曾祺不可不读。

曹禺：读了您的文章，是极大的喜悦。您给我开了一片天地，我看见多少可爱的人，可爱的地方和美的世界。

苏童：汪曾祺先生的作品呈现出大家风范，其风格似九曲流水，空谷清音，是中国文学宝库中一颗闪亮的瑰宝。

老舍：在北京的作家中，今后有两个人也许会写出一点东西，一个是汪曾祺，一个是林斤澜。

贾平凹：汪是一文狐，修炼成老精。

王干：2016年，汪先生去世了19年了，还有这么多读者在爱戴他、拥戴他、怀念他，这就是说明我们中华民族文化的精华在他身上得到了充分的凝聚，得到了充分的体现。

沈从文：他的文章应当说比几个大师都还认真而有深度，有思想有文才！"大器晚成"，古人早已言之。最可爱还是态度，"宠辱不惊"！

黄永玉：他是我认为全中国文章写得最好的，一直到今天都这样认为。

陆建华：汪曾祺是历史悠久、蕴藏丰厚的高邮地方传统文化哺育成长起来的一代文学大家。他以自己一生创作的在当代中国文坛独领风骚的优秀作品，表现了他对故乡高邮始终如一的依恋和深爱，回报了家乡对他的哺育培养之恩。

余光中：高邮之宝，中华之光。

林斤澜：我行我素小葱拌豆腐，若即若离下笔如有神。

王蒙： 天真隽永，自在风流。

叶辛： 意味隽永，文思神远。

忆明珠： 文清体洁，卓尔大雅。

吴玄： 温暖，肯定是一种让人感动的文学品质。沈从文曾在创作谈中反复强调这种品质，汪曾祺也曾在创作谈中反复强调这种品质，这是面对苦难的一种方法。在我看来，温暖是接近于宗教的，是慈悲的，是一种智慧。

宗璞： 老实说，在1986年以前，我从不知汪曾祺擅长丹青，可见是何等的孤陋寡闻。原只知他不只写戏还能演戏，不只写小说、散文还善旧诗，是个多面手。

杨沫： 我很喜欢读汪曾祺同志的作品……读了《大淖记事》这样的作品，使人仿佛漫步在春天的原野上，嗅到一阵阵清新温馨的花香。

艾煊： 汪曾祺的作品，在当今众多的作家中别出一格。他属于"五四文风"。不是五四时代的人，而秉赋"五四文风"者，实为少见。这就使得汪曾祺具有某种不是出土文物，而是传世文物的价值。

费振钟： 他的写作在"轻松玩世"的语言背后，总透出一股历史的苍凉气。而苍凉之于汪曾祺，是一种空廓的人生映象。

主编眼中的汪曾祺

汪曾祺对中国文坛的影响,特别是年轻作家的影响是巨大的。在风行现代派的20世纪80年代,汪曾祺以其优美的文字和叙述,让年轻人重新树立了对汉语的信心。他用非常中国化的文风征服了不同年龄、不同文化的人,唤起了年轻一代对母语的重新热爱,唤起了他们对传统文化的热爱。

汪曾祺的作品适合晚间阅读。他的文字如秋月当空,明净如水,一尘不染,开卷慢慢进入,心也渐渐平静。故乡、邻里、同事、亲友,陌生的街道和熟悉的老屋,昆明的警报和上海的星期天,高邮的河流和北京的安乐居,都是作家笔下轻盈流动的笔墨意象。读罢,心灵如洗。

——王干(作家,汪曾祺研究者)

老头儿是高邮人,他一辈子念叨的就是高邮的咸鸭蛋。说离了高邮,那鸭蛋就不是那个味儿了。他对江苏、对高邮是有特殊感情的,小说里的人物原型、散文中的四时风物,许多都来自江苏大地。江苏凤凰文艺出版社此次出版《汪曾祺小全集》,是很有意思的概念,之前《汪曾祺全集》出版的时候,花了八年时间。《小全集》同样也花了三年时间打磨,编辑工作非常繁密细致,让人看到一套完全不同以往的文集,适合收藏,也适合阅读。最重要的是在江苏出版,也算是老头儿回馈故乡的一种方式吧。

——汪朗(汪曾祺之子)

汪曾祺肖像

在西南联大读书时的汪曾祺
与同学李荣（左）、朱德熙（右）

汪曾祺一家，一九六一年摄于北京中山公园

汪曾祺和汪朗（右）

汪曾祺（右）
一九八五年——在张家口农业科学研究所

一九八一年，汪曾祺（右三）回故乡高邮探亲，与家人合影

一九八七年，汪曾祺在美国参加爱荷华国际写作计划

汪曾祺与子女在一起

汪曾祺,摄于二十世纪九十年代初

汪曾祺文摘、手稿与书画

一春梦雨常飘瓦,尽日灵风不满旗

丙子冬 家桓

活在世上,你好像随时都在期待着,期待着有什么可以看一看的故事。

——《邂逅》

黄油饼是甜的,混着的眼泪是咸的,就像人生,交杂着各种复杂而美好的味道。

——《黄油烙饼》

人间如梦,我投入了的却是真情,世界先爱了我,我不能不爱它。

——《人间草木》

人间有许多事,想一想觉得很有意思。有时一个人坐着,想一想,觉得很有意思,会噗哧笑出声来。把这样的事记下来或说出来,便挺幽默。

——《彩云聚散》

我觉得全世界都是凉的,只我这里一点是热的。

——《蒲桥集》

我们有过各种创伤,但我们今天应该快活。

——《生活是很好玩的》

人总要待在一种什么东西里,沉溺其中,苟有所得,才能证实自己的存在,切实地掂出自己的价值。

——《一定要,爱着点什么》

逝去的从容逝去,重来的依旧重来,在沧桑的枝叶间,择取一朵明媚,簪进岁月肌里,许它疼痛又甜蜜。

——《人间草木》

都到岁数了,心里不是没有,只是像一片薄薄的云,飘过来,飘过去,下不成雨。

——《受戒》

红黄蓝白黑,酸甜苦辣咸,每个人都带着一生的历史,半个月的哀乐,在街上走。

——《钓人的孩子》

有人说故事像说着自己,有人说着自己像故事。

——《我们都是世间小儿女》

红菱莲子白花藕果贩叶
三星我师惭愧画家见识
为君砚俪胭脂
笔宾家

我念的经,只有四个字:"人生苦短"。因为这苦和短,我马不停蹄,一意孤行。

——《人间草木》

语言的目的是使人一看就明白,一听就记住。语言的唯一标准,是准确。

——《岁朝清供》

人到极其无可奈何的时候,往往会生出这种比悲号更为沉痛的滑稽感。

——《人间草木》

世间万物,宣传太过,即使真的了不起,也很难使人满足。

——《人间滋味》

一个人口味最好杂一点,耳音要好一些,能多听懂几种方言。口味单调一点,耳音差一点,也不要紧,最要紧的是对生活的兴趣要广一点。

——《五味》

山家除夕无他事,插了梅花便过年。

——《岁朝清供》

如果你来访我,我不在,请和我门外的花坐一会儿,它们很温暖,我注视它们很多很多日子了。

——《人间草木》

是有路的地方,我都要走遍。

——《复仇——给一个孩子讲的故事》

认识自己是为了超越自己,开拓自己,突破自己。认识自己,是为了寻找还没有认识的自己。

——《认识到的和没有认识的自己》

恭賀新禧

林女士：

赞成不把但们的时报杂志写的关于我的专访译出来给我看。我看没有什么问题，这一摘的题目是"中国现代化界的镇石"。他们当然会从这个角度来写，其中引用了我的一句话，略有捏造。但是关系也不大。菁妮们，我打算把致他的复信，自己别的谈话和文章寄的作证，《华侨日报》投寄了，我也打印个间的谈话材料纪念刊。

我寄完了《神理》，今天开始写《名滑里》。这是一篇很有哲理性的小说。估计后天可以写定。我觉得我写《聊斋》是一件很有意义的工作，这是中国当代创作开阔的一片天地。

崩脆廿四也好不顺写，不必担忧。今天有一个宁波的湖南访问学者来看我的。他说：没问题，乳业另一个相熟的医生开手这方，两三天即可买到送来。很便宜。

我老头子画了几张画，挺好的。台湾的蒋犁建议我把地开一个小型展览会。他说我是学美术的画不精中国的水墨。我想也可以。

你绍红：身体你还比有无感觉化三把这边寄出。   20日但言復庵：

孔教病想當見好些寒。伊又挺又咳嗽了，甚怒，作面一陣血壓高，近已平伏，過兩天去參加作協代表大會，不歡喜，恐怕聽會犯迂，半月很少寫東西，昆明池三寫了，西佛心此明松田七、能等雅三之昆明果然近丁幸想把評論集延未集名帶該集三。即賀新年

兆雏白 十二月廿四日

《羊舍一夕》手稿

受戒

汪曾祺

明海出家已经四年了。

他是十三岁来的。

这个地方的地名有点怪,叫庵赵庄。赵,是因为庄上大都姓赵。叫庵赵庄,是因为有一个庵。庵叫菩提庵,可是大家叫讹了,叫成荸荠庵。连庵里的和尚也这样叫。"宝刹何处?"——"荸荠庵。"庵本来是住尼姑的。"和尚庙"、"尼姑庵"嘛。可是荸荠庵住的是和尚,也许因为荸荠庵不大,大者为庙,小者为庵。

明海在家叫小明子。他是从小就确定要出家的。他的家乡不叫"出家",叫"当和尚"。他的家乡出和尚。就象有的地方出劁猪的,有的地方出织席子的,有的地方出箍桶的,有的地方出弹棉花的,有的地方出画匠,有的地方出娼妓,他的家乡出和尚。人家弟兄多,就派一个出去当和尚。当和尚也要通过关系,也有帮。这地方的和尚有的走得很远。有到杭州灵隐寺的、上海静安寺的、镇江金山寺的、扬州天宁寺的。一般的就在本县的寺庙。明海家田多,老大、老二、老三,就是种地的。他是老四。他七岁那年,他当和尚的舅舅回家,他爹、他娘就和舅舅商议,决定叫他也当和尚。他当时在旁边,觉得这实在是在情在理,没有理由反对。当和尚有很多好处。一是可以吃现成饭。哪个庙里都是管饭的。二是可以攒钱。只要学会了放瑜伽焰口,拜粱皇忏,可以按例分到辛苦钱。积攒起来,将来还俗娶亲也可以;不想还俗,买几亩田也可以。他当和尚不含糊,一要面如朗月,二要声如钟磬,三要聪明记性好。他舅舅给他相了相面,叫他前走几步,后走几步,又叫他喊了一声赶牛打场的号

·41·

汪曾祺年表

1920

◎民国9年　出生

3月5日傍晚，汪曾祺生于江苏高邮，其祖父汪嘉勋是清朝末科的"拔贡"。他的父亲汪菊生(1897—1959)，字淡如，金石书画皆通，也学过很多乐器。

1923

◎民国12年　3岁

汪曾祺的生母杨氏病故。

1925

◎民国14年　5岁

汪曾祺入县立第五小学幼稚园学习。父亲汪菊生与张氏结婚，张氏是汪曾祺的第一位继母。

1926

◎民国15年　6岁

汪曾祺入县立第五小学读书，接受正规课堂教育。不过进校后不久就显出偏科现象，算术勉强及格，语文却经常考全班第一。

1931

◎民国20年　11岁

8月，高邮发生特大水灾，灾后失踪、死亡数万人。水灾后，高邮瘟疫盛行，死亡又数千人。凄惨的景象使汪曾祺刻骨铭心。后来，他多次在自己的作品中描述过这场水灾。

1932

◎民国21年　12岁

汪曾祺考入高邮县初级中学读书。

1935

◎民国24年　15岁

汪曾祺考入江阴县（今江苏省江阴市）南菁中学读高中。

1936

◎民国25年　16岁

汪曾祺继母张氏因肺病去世。

1937

◎民国26年　17岁

日军发动侵华战争，正读高中二年级的汪曾祺不得不告别南菁中学，辗转借读于淮安中学、私立扬州中学以及盐城临时中学。7月，父亲汪菊生娶任氏，为汪曾祺第二位继母。

8月20日，祖父汪嘉勋去世，终年72岁。

1939

◎民国28年　19岁

汪曾祺考入西南联大中国文学系。在沈从文的习作课上，汪曾祺写了他平生第一篇小说《灯下》，这篇习作在沈从文指导下几经修改，便成了后来的《异秉》。

这一年，汪曾祺写出了小说《复仇》初稿。

1941

◎民国30年　21岁

汪曾祺与同学创办《文聚》杂志。所用笔名有"曾祺""西门鱼"。1949年以后，有"曾歧""曾芪"等笔名。

1943

◎民国32年　23岁

汪曾祺因体育不及格，英语成绩也不好，延迟一年毕业。

1944

◎民国33年　24岁

汪曾祺体育、英语补考过关，但当局要求这一年的大学毕业生必须做美军翻译官，为陈纳德的飞虎队当翻译，随军去缅甸作战。汪曾祺没有去，故没有获得毕业证书。

1945

◎民国34年　25岁

1月离开西南联大后，汪曾祺失业后到由联大同学开办的私立中国建设中学任教。

在中国建设中学任教的两年中，汪曾祺写了小说《小学校的钟声》，重写小说《复仇》。后都由沈从文推荐给郑振铎在上海主办的《文艺复兴》杂志发表。此外，还写了小说《职业》《落魄》《老鲁》等。

这一年汪曾祺与同在中国建设中学任教的施松卿相识，并建立了恋爱关系。

1946

◎民国35年　26岁

7月，离开昆明辗转到上海，再次失业，后经沈从文向李健吾推荐，被介绍到民办致远中学做教师。这期间，写了《鸡鸭名家》《戴车匠》等小说。

1947

◎民国36年　27岁

4月，汪曾祺《老鲁》刊发于《文艺复兴》。8月，《绿猫》刊发于《文艺春秋》。

9月,《牙疼》刊发于《文学杂志》。10月,《戴车匠》刊发于《文学杂志》;《囚犯》刊发于《人世间》。11月,《落魄》刊发于《文讯》。

◎民国37年 28岁

3月,《异秉》刊登于《文学杂志》第2卷第10期。

初春,汪曾祺离开上海到北平,欲与在北京大学外语系任助教的施松卿会合。他临时借住在北京大学。失业两个多月后,仍是由沈从文帮忙,5月到北平历史博物馆工作。

◎ 29岁

1月,北平宣告和平解放。汪曾祺与施松卿结婚。

3月,汪曾祺报名参加"四野"南下工作团,5月离京南下。但因"历史问题"在武汉被留下来参与接管文教单位,后被派到第二女子中学当副教导主任。

4月,汪曾祺的第一本小说集《邂逅集》作为巴金主编的"文学必刊"中的一种,由文化生活出版社出版。收入汪曾祺早期作品8篇:《复仇》《老鲁》《艺术家》《戴车匠》《落魄》《囚犯》《鸡鸭名家》和《邂逅》。

◎ 30岁

北京市文联成立。7月,汪曾祺从武汉回到北京,在西南联大同学杨毓敏和王松声(时任北京市文委负责人)介绍、安排下,任北京市文联主办的《北京文艺》编辑。

◎ 34岁

创作出京剧剧本《范进中举》,最初无人过问,被搁置一边,后被王昆仑偶然发现,推荐演出后效果甚好,引起人们的重视。

◎ 35岁

2月,调入中国民间文艺研究会,任《民间文学》编辑。

◎ 37岁

写作并发表散文《国子监》

和散文诗《早春》。

汪曾祺写短文《惶惑》。反右斗争开始后,他因这篇短文受到批判,但并未定为"右派"。

1958

◎ 38 岁

因本单位的"右派"指标没有达到要求,汪曾祺被补划,撤销职务,降级。

秋,汪曾祺被下放至张家口沙岭子农业科学研究所劳动。

1959

◎ 39 岁

3月,父亲汪菊生去世,终年62岁。

1960

◎ 40 岁

10月,摘掉"帽子",因北京没有单位接收他,暂留农科所协助工作。

1961

◎ 41 岁

春日,农科所让汪曾祺到设在沽源的马铃薯研究站画一套马铃薯图谱。

冬日,经过长时间对生活的观察与思索,汪曾祺又开始了小说创作。他在作业纸上用毛笔写出了《羊舍一夕》。小说写成后,汪曾祺寄给沈从文和师母张兆和,被推荐给《人民文学》编辑萧也牧,大受赞赏。《人民文学》编辑部派人调查后,决定发表。

1962

◎ 42 岁

1月,调北京京剧团(后改名为北京京剧院)任编剧,直至离休。

《羊舍一夕》和《王全》相继在《人民文学》第6期、第12期发表。这是汪曾祺新中国成立后正式发表小说。

创作京剧剧本《王昭君》(由李世济主演)、《凌烟阁》(未演出)。

1963

◎ 43 岁

中国少年儿童出版社出版了汪曾祺的小说集《羊舍的夜晚》。本书包括《羊舍的夜晚》(又名《羊舍一夕》)、《看水》和《王全》3个短篇小说。这是汪曾祺新中国成立后出的第一本小说集，也是他继《邂逅集》后出版的的第二本小说集。

创作京剧剧本《小翠》。

1964

◎ 44岁

由汪曾祺担任主要执笔、根据沪剧《芦荡火种》改编的同名京剧，由北京京剧团演出，并参加全国京剧现代戏观摩大会演出，受到高度评价。演出后，根据毛泽东的意见，京剧《芦荡火种》改名为《沙家浜》。

1965

◎ 45岁

《沙家浜》改定并正式演出，剧本也于1966年由北京出版社出版。

1966-76

◎ 46-56岁

"文革"开始，汪曾祺被关进"牛棚"，1968年6月，江青要把京剧《芦荡火种》修改为"样板戏"，授意突击"解放"汪曾祺。

京剧剧本《沙家浜》全文发表于1970年第6期《红旗》杂志。

作为"样板团"的成员之一，"文革"中的汪曾祺还曾奉命到四川、内蒙古、西藏等地深入生活，陆续参加《山城旭日》《草原烽火》《敌后武工队》《平原游击队》等京剧剧本的写作，因有"三突出"创作原则束缚，最终一无所成。

1977

◎ 57岁

粉碎"四人帮"后不久，汪曾祺受审查，赋闲在家。

1978

◎ 58岁

汪曾祺重新提笔写作。12月，一连写了两篇文章。一篇是近万字的《读民歌杂记》，另一篇是长达15000字的《论〈四进士〉》。

年底，党的十一届三中全会胜利召开。汪曾祺深受鼓舞，创作热情逐渐恢复。

1979

◎ 59岁

11月,小说《骑兵列传》在《人民文学》发表。这是汪曾祺在"文革"后发表的第一篇小说。

1980

◎ 60岁

3月,写小说《黄油烙饼》,后发表于复刊后的第2期《新观察》。

5月,重写旧作《异秉》。

《受戒》在《北京文学》10月号发表,受到读者的热烈欢迎,对这篇小说赞誉的评论纷纷见于《文艺报》《北京文学》等报刊,但也有人持反对意见并在报纸上撰文予以批评。

1981

◎ 61岁

1月,《异秉》在《雨花》发表。由作家高晓声撰写的《雨花》"编者附语"指出:"发表这篇小说,对于扩展我们的视野,开拓我们的思路,了解文学的传统,都是有意义的。"

4月,《大淖记事》在《北京文学》发表,并于同年6月被《小说月报》以及此后的《新华文摘》杂志转载。该作品后荣获1981年度"全国优秀短篇小说奖"和1981年度"《北京文学》奖",并被翻译成多种文字介绍到国外。

佳作连续发表,小说创作日趋活跃,主要的作品还有《岁寒三友》《鸡毛》《徙》等小说多篇,分别发表于《十月》《北京文学》《收获》等杂志。

10月,应高邮县人民政府邀请,汪曾祺回到故乡高邮访问。这是他自1939年离开高邮后的第一次回乡,受到地方政府和家乡人民的热情欢迎与接待。

1982

◎ 62岁

新作不断,几乎每个月都可在国内报刊上见到他的小说、散文、评论、剧本等。主要作品有:小说《王四海的黄昏》《故里杂记》《皮凤三楦房子》《鉴赏家》等,

45

发表于《小说界》《北京文学》《上海文学》等杂志。

新编历史剧《擂鼓战金山》，载《北京剧作》第1期。

2月，《汪曾祺短篇小说选》作为"北京文学创作丛书"之一种，由北京出版社出版。本书收入汪曾祺的小说16篇。其中，《复仇》《老鲁》《落魄》《鸡鸭名家》等4篇，选自新中国成立前出版的《邂逅集》；《羊舍一夕》《看水》《王全》等3篇，选自"文革"前出版的《羊舍的夜晚》；其余9篇均为粉碎"四人帮"后至1981年上半年所作，包括《受戒》《大淖记事》等名篇。

1983 ◎ 63岁

创作更趋活跃，发表小说、散文、评论等近20篇。主要有：小说《星期天》《八千岁》《故里三陈》等，散文《天山行色》《湘行二记》《桃花源记》《岳阳楼记》等。

1984 ◎ 64岁

发表的作品数量不多，但小说《金冬心》《日规》及散文《沈从文的寂寞》等仍引起读者、评论界的注意。

散文《老舍先生》获1984年度"《北京文学》奖"。

汪曾祺在《文学时报》第6期发表《谈风格》一文，其中说到："一个作家读很多书，但是真正影响到他的风格的，往往只有不多的作家、不多的作品。有人问我受哪些作家影响比较深，我想了想：古人里是归有光，中国现代作家是鲁迅、沈从文、废名，外国作家是契诃夫和阿索林。"

1985 ◎ 65岁

在中国作家协会第四届全国代表大会上当选为理事。

3月，《晚饭花集》由人民文学出版社出版。本集收入作者1981年下半年至1983年下半年所写的短篇小说19篇。

10月，随中国作家代表团访

问香港。

创作剧本《裘盛戎》，发表在《新剧本》第3期。

1986

◎ 66岁

散文《故乡的食物》载《雨花》第5期，后获得《雨花》颁发的"双沟散文奖"；文论《用韵文想》载《剧本》第3期，后获北京市1986年度艺术评论奖。另有小说《故人往事》《桥边小说三篇》《安乐居》等，这些作品发表后，均受到读者的欢迎，并获得文艺界的好评。

京剧剧本《一捧雪》在《新剧本》第5期发表。这是作者的一个尝试，他想对京剧的一些老本子进行改造，"让看老戏的过瘾，也吸引年轻观众"。

1987

◎ 67岁

2月，加入中国共产党。

4月16日，汪曾祺随中国作家代表团赴云南访问。

9月，《寂寞和温暖》由台湾新地出版社出版。本书为台湾新地出版社"当代中国大陆作家丛刊"之一种，收入汪曾祺的短篇小说13篇，皆选自北京出版社1982年出版的《汪曾祺短篇小说选》。

10月，《汪曾祺自选集》由漓江出版社出版。本书收入13首诗和14篇散文，均为粉碎"四人帮"后所作；主要为短篇小说，共37篇，绝大多数选自《汪曾祺短篇小说选》和《晚饭花集》，仅8篇写于前两个集子出版之后。

10月，应安格尔和聂华苓夫妇之邀，赴美国参加"国际写作计划"活动。

12月，被聘为北京市艺术职务系列高级职务评审委员会委员，参加一、二级艺术人员任职资格评审工作。被聘为北京京剧院艺术咨询委员会委员。

1988

◎ 68岁

在美国参加"国际写作计划"期间写的"聊斋新义"系列小说《瑞云》《黄英》《蛐

蛐》《石清虚》在《人民文学》3月号发表。另有《陆判》载《滇池》5月号,《画壁》载《北京文学》8月号。

3月,文论集《晚翠文谈》由浙江文艺出版社出版。本书收入作者新时期以来谈文学、戏曲的短文42篇。

9月,《茶荽集》由台湾联合出版社出版。本书为汪曾祺短篇小说自选集,共收入短篇小说30篇。

散文《自报家门》在《作家》8月号发表,后获第三届"《作家》奖"。

散文《吴大和尚和七拳半》在12月7日《人民日报》发表,后获该报散文征文一等奖。

发表散文《星斗其文,赤子其人》(《人民文学》8月号)、文论《漫话作家的责任感》(《文学自由谈》第5期)等。

◎ 69岁

1月,《北京文学》与台北《联合文学》同时刊出汪曾祺作品专辑。

《联合文学》以"零时差——台北·北京同步发表"为通栏标题,宣称:"《联合文学》是在中国大陆以外首先发表和介绍汪曾祺作品的刊物,现在与中国大陆的《北京文学》合作同时推出'汪曾祺作品探索'专辑,可说是一件顺理成章的事。"

3月,散文集《蒲桥集》由作家出版社出版。

4月11日,在《新民晚报》的"读书乐"专栏发表四言诗一首,题为《我为什么写作》:

我事写作,原因无它:从小到大,数学不佳。
考入大学,成天泡茶。读中文系,看书很杂。
偶写诗文,幸蒙刊发。百无一用,乃成作家。
弄笔半纪,今已华发。成就甚少,无可夸夸。
有何思想,实近儒家。人道天理,抒情其华。
有何风格?兼容并纳。不今不古,文俗则雅。
与人无争,性情通达。如此而已,实在无啥。

8月,京剧剧本《大劈棺》在《人民文学》发表。

小说集《受戒》法文版由中

国文学出版社出版。本书为中国文学出版社"熊猫丛书"之一种,是汪曾祺作品第一次结集向国外读者介绍。

发表"聊斋新义"系列小说3篇:《双灯》,载《上海文学》1月号;《捕快张三》《同梦》,载《小说家》第6期。

1990

◎ 70岁

2月24日,写散文《七十书怀》载《现代作家》第5期。

短篇小说集《晚饭后的故事》(英文版),收入中国文学出版社的"熊猫丛书"出版,计13篇,除《皮凤三楦房子》和《鸡毛》外,其他11篇与作者的法文版短篇小说集《受戒》相同。

1991

◎ 71岁

5月,《蒲桥集》由作家出版社再版。

5月下旬,由菲律宾椰风文艺社和《福建文学》编辑部联合举办的全国散文征文评奖结果,在福州揭晓并举行颁奖仪式,汪曾祺的散文《多年父子成兄弟》获二等奖。小说《小芳》在《中国作家》第5期发表,后获《中国作家》1991—1992年度优秀短篇小说奖。

11月,《汪曾祺自选集》易名为《受戒——汪曾祺自选集》由漓江出版社再版。

1992

◎ 72岁

4月,散文集《旅食集》由广东旅游出版社出版。本书收入汪曾祺的散文37篇,其中26篇为记述作者数十年的游踪之作,11篇是关于吃食的小品。

10月,《汪曾祺小品》由中国人民大学出版社出版。

12月,《中国当代作家选集丛书·汪曾祺》由人民文学出版社出版。本书辑入作者各个时期的小说、散文代表作45篇。

开始撰写自传体系列散文《逝水》,在吉林《作家》杂志上陆续发表,10月号发表了这组散文的第一篇《我的家乡》。

1993

◎ 73岁

6月,以故乡高邮为背景的小说集《菰蒲深处》在浙江文艺出版社出版。这本小说集共选入作者以故乡高邮为背景的小说22篇,同时收入作者关于《受戒》《大淖记事》这两个名篇的写作体会文章。

《汪曾祺散文随笔选集》作为"当代散文大系"之一种在沈阳出版社出版。

9月,散文随笔集《榆树村茶记》由中国华侨出版社出版。同月,另一部散文随笔集《草花集》由成都出版社出版。

10月,由陆建华主编的《汪曾祺文集》由江苏文艺出版社出版,分小说、散文、文论、戏剧4卷5册,共120万字。

11月,散文集《塔上随笔》由群众出版社出版。

12月,散文集《老学闲抄》由陕西人民出版社出版。

散文《故乡的野菜》获《钟山》杂志主办的"泥池杯"同题散文征文一等奖。

1994

◎ 74岁

1月8日,台湾《中国时报》主办为期一周的"从1940到1990——两岸三边华文小说研讨会",汪曾祺以衔接1940年代的重要小说家身份应邀赴台与会。

9月,《异秉—汪曾祺人生小说选》由甘肃文化出版社出版。

本年度发表的作品主要有小说《卖眼镜的宝应人》《幸家豆腐店的女儿》和散文《七载云烟》等。

1995

◎ 75岁

发表小说《鹿井丹泉》《喜神》《五脸》《水蛇腰》,散文《草巷口》等。

1996

◎ 76岁

1月,由丁帆编选的汪曾祺散文集《五味集》由台湾幼狮文化事业公司出版。

3月,小说集《矮纸集》由长江文艺出版社出版。散文集《逝水》由中国青年出版社出版。

散文集《独坐小品》由宁夏人民出版社出版。

《汪曾祺散文选集》由百花文艺出版社出版。

7月,小说《水蛇腰》获《小说选刊》优秀作品奖。

12月,在中国作家协会第五次全国代表大会上被推选为顾问。

1997

◎ 77岁

2月,汪曾祺在中国青年出版社出版的《小说》(双月刊)第1期发表小说《当代野人系列三篇》,均为"文革"题材。

3月,《作品与争鸣》杂志就汪曾祺发表在1996年第4期《收获》、后又由《小说选刊》转载的小说《小嬢嬢》展开讨论。

5月12日深夜突然吐血不止,连夜送入友谊医院抢救,经诊断为因肝硬化引起的食道静脉曲张而造成的弥漫性出血。5月15日10点30分,因抢救无效而不幸去世,终年77岁。

让艺术
回归生活

把生活过成
艺术

江苏凤凰文艺出版社
JIANGSU PHOENIX LITERATURE AND ART PUBLISHING

非卖品